KB064293

종각역

종각역

김영민 소설집

도화

차 례

종각역

드디어 땅을 밟았다. 대각선으로 길 건너에 보신각이 보인다. 분명 종로2가인데 주변의 건물은 낯설었다. 보신각만 아니었음 여기가 어딘지 알 수 없을 정도였다. 어쨌든 기쁨의 환호성을 지르고 싶었다.

그런데 바로 앞에 있는 제일은행의 검은색 대형 유리에 양팔을 활짝 편 내 모습이 비치지 않는다.

소리가 들린다. 수런거리는 불분명한 말소리다. 머리에 약간의 통증이 있다. 곧이어 심한 갈증에 목이 말라붙는 것 같았다. 차츰 주변이 눈에 들어온다. 평소에 생활하던 공간과는 전혀 다른, 조도가 낮은 곳이다. 오래된 책이 쌓여 있는 헌책방처럼 먼지를 머금고 곰팡이가 피기 전의 약간 습한 기운마저 느껴진다. 여러 명의 목소리는 미처 뱉지 못한 탁한 가래를 물고 있는 것 같다. 모두가 오랫동안 담배를 피워 목소리에 금이 간 듯한 소리다. 남녀가 섞인, 연령대는 높은 것 같다.

말소리에서 여자는 반대를, 남자는 설득을 하고 있는 것 같다. 차츰 시간이 지나면서 그 화제의 주인공은 '나'임이 분명히 드러났다. 나를 내보내느냐, 그냥 이곳에 수용하냐의 문제인 듯 했다.

이곳이 어디인지 무엇을 하는 곳인지는 모르겠지만 내 입장에서는 이유를 알 것 없이 무조건 돌아가는 게 좋을 것 같다. 당사자인 내게 묻지도 않고 의논 중이니, 필시 좋은 사람들은 아닐 것이다. 어쨌든 이곳은 어디란 말인가. 주변이 어두워서 도무지 종잡을 수가 없다. 누군가에게 물어 보고 싶지만 상황파악이 되지 않은 상태에서 섣불리 움직이는 건 오히려 해가 될 것이다. 어느 순간 이곳이 몹쓸 곳은 아닐까라는 생각이 들었다. 그러다가 내 사회적 위치나 주제를 보면 굳이

의도적으로 납치해서 이용할 만한 하등의 가치가 없는 인간임에 생각이 미치자 모든 두려움이 사라졌다. 다만 남은 건 '장기 밀매'라고 생각하자 에이, 죽기밖에 더 하겠나, 의 결론을 내렸다. 그건 의외로 의연해지는데 한몫을 했다. 그 다음은 그저 기다리면 될 일이다.

그저 내게 몇 마디만 물어 보면 될 것을 저들은 도대체 왜 내게 묻지 않는 것일까. 아니 옆에 누워 있는 나를 왜 아무도 거들떠보지 않는단 말인가. 역시 내가 그다지 중요한 인물이 아님은 어딜 가도 똑같은 모양이다. 도대체 지금이 몇 시이며 언제까지 나는 이렇게 방치된 채로 기다려야 한단 말인가. 생각 같아서는 저기요, 하며 저들 중의 누군가를 부르고 싶은 심정이었다. 그러나, 그런데도 부르지 못한 이유는 그나마 조심해서 나쁠 건 없을 것 같아서였다. 일단 어찌됐든 좀 기다려 볼 작정이다. 그렇다면 우선 나 혼자만의 생각이라도 정리를 좀 해 봐야겠다.

여기까지 어떻게 온 것인지 가장 마지막 기억을 더듬어 보자. 그런데 이 찜찜한 습기를 계속 견뎌야 하나, 라고 생각한 순간 "잠깐!" 하고 저들 중에 누군가가 소리쳤다. 나도 모르게 자라목이 되었다. "거기, 바퀴벌레!"라는 소리에 이어 '퍽' 하는 둔탁한 소리에 내 어깨가 진저리를 쳤다. 나는 속으로 작게 한숨을 내쉬었다. 저들은 계속 떠든다. 나는 아직도 저들의 관심 밖이다. 탁한 목소리 탓인지 집중하지 않으면 남녀의 구분이 제대로 되지 않을 지경이었다. 뭔지는 모르지만 이렇게 된 바에야 그저 이 상태로 저들의 말에 집중해 봐야겠다.

"이거 봐요. 이제 더 이상은 안되겠어요. 자꾸만 들어오는 사람이 늘어나고 있는데 계속해서 받아줄 수는 없다구요. 여긴 이제 포화 상태가 됐잖아요. 더구나 요즘 사람들은 갈수록 위험한 일은 모르는 척 하니 결국 우리 늙은이들이 모든 걸 떠안고 있잖아요. 경험이 많다느니, 그게 경력이라느니 하면서요. 체력 문제는 쏙 빼고 말이죠. 무엇보다 우선 먹는 문제가 시급해졌어요. 전엔 그저 배만 부르면 감지덕지 했었죠. 요즘 들어선 그게 웬 말이예요. 단백질과 비타민과 엽산이 어쩌구 하면서 영양의 불균형을 논하잖아요. 아, 그럼 돌아가면 될 걸, 아니지 그건 안되지. 여기로 받아 주기도 그렇고, 그렇다고 돌려보내기도 어렵다면 더 늦기 전에 다른 공간을 마련해야겠죠. 좀 복잡해지네. 암튼, 어쨌든 신규 인간들이 문제라구요. 어디 좋은 생각이 있으면 좀 말해 봐요. 난 갈수록 이러쿵저러쿵 말하기도 성가시다구요."

둔탁하긴 해도 쨍알거리는 할머니 스타일의 목소리에 이어 이거야 원, 하며 낮고 탁한 할아버지 같은 노인네의 목소리가 뒤따른다.

"내가 이곳에 처음 들어왔을 때만 해도 지상으로 나가는 일이 그럭저럭 수월했었지. 하지만 갈수록 저 위의 인간들이 사방팔방으로 두더지처럼 땅속을 여기저기 쑤셔 대니 이젠 예전 같지 않아. 몇 년 전에는 최총무가 나갔다가 입구가 봉쇄되서 영영 못 돌아왔지. 최총무는 지금 어디서 뭘 하고 있을까. 아니 죽지 않고 살아 있기는 한 것일까. 만약 '튕겨 나가지' 않았다면 반드시 이곳으로 돌아왔을 텐데. 아마 입구가 변경되서 못 돌아온 것일 테지. 나하고는 모든 게 척척 죽이 잘 맞았었는데. 다신 그런 동료를 만날 수 없을 거야. 한쪽 팔이 잘린 기분이야."

"회장님은 그 일이 전화위복인 줄 아세요. 그때 그 일이 아니었으면 그 다음 차례는 회장님이 나갈 순번이었거든요."

분명 여러 명이 있는 것 같은데 막상 말을 하는 건 저 두 명의 노인이 주거니 받거니 떠들고 있다. 등 돌리고 누워 있는 내게 누군가 다가와서 내 어깨를 쥐고 흔든다. 나는 잠시 망설였다. 흔들던 이는 금세 멈춘다. 지금 일어나 저들에게 가야 할지. 잠시 더 상황을 지켜봐야 할지 여전히 모르겠다. 분명한건 저들과 의논하지 않고서는 아무것도, 아무런 결정도 할 수 없을 거란 짐작뿐이었다.

어쨌든 돌아갔다고 치자. 그리고 나의 또 다른 내일을 짚어보자. 오전부터 밤까지 커피숍에서 일하고, 그 후 새벽까지는 편의점 알바를 해야 하는 일상 외에 무엇이 있단 말인가. 그렇다고 돌아가지 않고 이곳에 머문다면? 그러려면 우선 이곳이 어떤 곳인지, 내게 과연 생산적인 이득이 단 하나라도 있는 것인지 타진해 봐야 할 게 아닌가. 지금 저들의 말만 듣고선 별다른 미래나 소득은 전혀 없어 보일뿐이다.

갑자기 우르르 쿵쿵하며 마치 지하철이 지나가는 것 같은 소리가 위쪽에서 거칠게 들려왔다. 그렇다면 여긴 지하철이 지나가는 더 아래쪽 지하란 말인가. 그럼 우선 저 시끄러운 지하철 소리부터 적응이 되어야 살지 말지 할 문제인 건가.

다시 원점으로 돌아가서, 내가 왜 이곳에 있는 걸까. 나 스스로 찾아온 것 같지는 않다. 또한 여자 노인네, 아니 할머니의 말에 의하면 저들이 원해서 나를 데려온 것 같지도 않다. 그럼 난 느닷없이 이곳에 굴러들어 왔다는 게 아닌가. 왜, 어떻게, 다시 한 번 내 마지막 기억을 되살려보자. 음, 맨 마지막 기억은 새벽.

편의점 알바가 끝난 새벽, 첫 지하철을 타려고 플랫폼에 서 있었고 대기 시간에 잠시 휴대폰의 네이버 기사를 보고 있었다. 뒷목이 아파 고개를 들자 누군가 새우등처럼 척추를 접고 철로에 누워 있었다. 놀란 내가 주변을 휘둘러보니 아무도 없었다. 잠시 망설이던 난 철로로 뛰어내려서 그 사람을 흔들었다. 아무리 흔들어도 그 사람은 움직이지 않았다. 이미 죽었던 걸까. 생사를 확인할 새도 없이 지하철 스피커를 통해 열차가 들어온다는 안내 방송이 들렸고 그리고, 그리고, 뭐지. 생각이 거기에서 끊긴다.

다른 건 참아도 배고픈 건 못 참겠다. 자존심이 무척 상했지만 저들에게 손을 내민 건 순전히 그놈의 배고픔 때문이었다. 어차피 냄새가 나지 않으니 눈만 감고 있었다면 쉽게 무너지지 않았으련만. 내 눈앞에 펼쳐진 그 치킨과 피자만 보지 않았다면 말이다.

이곳에서는 음식을 먹기는 먹는데 아무리 먹어도 양이 줄어들지 않는다. 사실 먹는 종류가 무척 단순하다. 그러고 보니 내가 일하는 편의점 음식이 주종을 이룬다고 볼 수 있다. 가장 큰 특징은 여기선 일단 국물 요리가 없다는 것이다. 메뉴를 굳이 보자면 샌드위치와 김밥, 훈제란이 가장 흔하고 가끔 순두부와 유부초밥, 핫도그가 있기도 하다. 궁금한 건 이런 걸 누가 가져왔을까, 였다. 단 한 번도 누군가가 나가거나 들어오는 걸 본 적이 없기 때문이다. 사실 따지고 보면 모든 게 이상한 일투성이였다. 하루하루가 어찌됐든 지나간다는 것. 즉 아침과 저녁, 잠자는 밤이 엄연히 제 역할을 하는 것은 분명했다.

나의 소개는 의외로 간단히 이루어졌다. 나중에 들은 말이지만 그들은 내가 정신을 차리고 깨어난 순간부터 다 알고 있었다고 했다. 다만 나 스스로가 분위기를 파악하고 받아들이는 시간을 주고자 했다는 것이다. 그렇지 않을 경우는 대체로 놀라서 '튕겨 나간다'는 것이다. 나는 '튕겨 나간다'는 의미가 무슨 소린지 몰랐다. 시간이 어느 정도 지나고 나서야 그 말은 또 다른 세계로 아웃된다는 뜻임을 알았고 그건 곧 완전한 죽음을 뜻하는 것이었다.

어찌됐든 그런 과정을 거쳐 나는 겨우 정착했다. 그들은 대체로 연배가 높았기에 나는 남자는 할아버지, 여자는 할머니라고 그저 통틀어서 불렀다. 그들도 뭉뚱그려서 부르는 그 호칭에 굳이 토를 달지 않았기에 내가 살아왔던 습관대로 이름 같은 건 알려고도 하지 않았다.

어찌 보면 시건방진 내 태도가 밥맛이었을 수도 있는데 그들은 선심 쓰듯 나를 잘 받아 주었다. 하긴 그곳에 나보다 더 어린 사람이 없었으니 그저 강아지 같은 존재로 받아준 게 아니었을까. 강아지는 귀엽기라도 하지 아무리 생각해도 내겐 귀여운 구석이 전혀 없다. 오히려 '눈에 힘 좀 빼' 라는 말을 들을 정도였다. 그때까지 난 죽은 줄도 모르고 뺏뻣하게 굳것이다. 사실 알았다고 해도 달라질 건 없었을 테지만 말이다.

사람이 모이는 곳에는 어디나 위계질서가 있고 그 모임을 끌고 가는 '장'이 있기 마련이다. 나는 뭐가 뭔지 알 수 없는 이곳 생활이 적응되지 않았지만 그나마 누가 윗대가리인지는 눈치로 알게 되었다.

겉으로는 분명 박할아버지인데 그건 잘 몰랐을 때의 생각이고 실제로는 권할머니가 실세인 모양이다. 박할아버지가 다 결정했던 일도 권할머니가 틀어버리면 어느 순간 없었던 일이 되는 걸 여러 번 봐왔기 때문이다.

이곳 사람들은 제각기 본인이 보고 싶은 걸 보고 하고 싶은 걸 하는, 생각조차 지극히 개인적인 집단인 것 같았다. 가끔 이상한 얘기를 듣기도 했다. 화신백화점 지하에서 앙꼬빵과 꽈배기를 먹었다거나 종로서적에서 독서를 즐기고 왔다는 것이었다. 그뿐이 아니었다. 삼성빌딩 지하의 반디앤루니스 서점에 다녀왔다고도 했다.

처음 그 말을 들었을 때 나는 저들이 미쳤다고 생각했다.

화신백화점이나 종로서적, 반디앤루니스는 모두 다 지난 세월의 흔적일 뿐이었다. 미치지 않고서야 어떻게 시공간을 넘나든단 말인가. 그것에 대해 나는 아무 말도 하지 않았다. 정상인도 상대하기 귀찮은데 제정신이 아닌 사람과 이러니저러니 말을 섞기는 더욱 싫었기 때문이다. 그러다 보니 나갔다 왔다는 말도 믿어지지 않았다. 그렇지만 분명 밖에서 들어오는 음식이 있기에 단순히 나갔다 온 것 자체가 아주 거짓은 아닌 것 같았다.

이상한 것은 외부로 나갔다 온 이들이 하나같이 물건을 가져오는 이는 없고 오직 먹을 것만 싸오는데 그 음식에서는 늘 아무 냄새가 나지 않는다는 점이었다. 모름지기 모든 음식은 눈으로 보고 코로 냄새 맡고 입으로 맛을 음미하는 것이 아닌가. 여긴 그저 아무 냄새 없이 그저 눈으로만 포식하는 기분이었다. 그나마 하룻밤이 지나면 전날의 음식은 흔적조차 남지 않았다. 분명 음식이 잔뜩 남아 있는 걸 보고 내일은 힘들게 구하지 않아도 되겠구나, 했어도 이미 어딘가에서 새로운 음식이 들어와 있었다.

한번은 종로복떡방에서 가져왔다며 팥소를 넣은 찹쌀떡에

계피가루를 무친 계피 찹쌀떡으로 포식을 한 적이 있다. 권할머니가 그 집 떡이 맛있다고 하더니 다음날은 종로복떡방의 종합 다식세트가 아침상에 올라와 있었다.

노인네들은 거부감 없이 그럭저럭 떡을 먹었지만 다소 젊은 축 ―그래 봤자 사오십 대― 은 편의점 음식을 선호했다. 맥도널드의 햄버거와 KFC의 치킨도 꽤 많이 먹는 편이었다. 차츰 나도 나가는 팀에 끼고 싶어졌다. 그렇지만 그건 또 다른 누군가가 깐깐하게 관리해서 나 같은 초짜는 어림없는 일 같았다.

하루는 낮잠을 자고 있는데 꽹과리 소리가 크게 울렸다. 뭔가 성가신 일이 생긴 모양이었다. 이어서 여자아이의 희미한 울음소리가 들렸다. 비상시의 위급한 신호로 사용되는 꽹과리는 거의 권할머니가 독점해서 치고 있다. 젊은 사람이 쳐도 되련만 굳이 권할머니가 치는 이유는 누가 설명하지 않아도 그 모습을 보면 이해가 갔다. 어깨가 덩실덩실, 보는 사람마저 얼씨구 소리가 나올 뻔한 걸 참을 지경이었다.

머리를 양 갈래로 묶은 아이는 반팔 소매에 반바지 차림이었다. 그걸 보고서야 여름이었음을 알게 되었고 그동안 춥고 더운 계절 감각이 없었다는 걸 깨달았다. 꽹과리 소리를 듣고 달려온 이들은 우는 아이를 중심으로 둥그렇게 둘러쌌다. 아이는 고개를 들고 빙 둘러보더니 두 손으로 얼굴을 가리고 더 크게 울어 댔다. 권할머니가 박씨 아주머니만 남고 모두 제자리로 돌아가라고 했다.

초등학교 선생이었다던 박씨 아주머니는 성가시고 귀찮다는 표정으로 아이를 내려다보았다. 그 모습은 내가 초등학교 3학년 때의 담임선생을 떠올리게 했다. 그 선생은 급식 시간에 만두 하나를 더 달라고 식판을 들고 나갔던 내 여자 짝꿍을 점심시간이 다 지나도록 그 자리에 그대로 식판을 들고 있게 했었다. 남들은 다 두 개씩 먹었는데 너만 왜 세 개를 먹어야 하냐는 이유였다. 그날 창피를 당했던 내 짝꿍은 3학년 내내 그 담임선생 앞에서 고개를 들지 못했었다. 그 선생이 그날 남은 만두를 몽땅 비닐봉지에 싸서 가방에 넣고 가는 걸 나는 분명히 봤다. 하긴 그 만두뿐이 아니었다. 매일의 반찬을 본인 가방 속에 늘 싸들고 돌아갔다. 지금의 나였다면 학교에 신고했을 텐데, 아니 교육청에 할 것이다. 그때는 그저 내 짝꿍이 가련하고 안됐다고 생각만 할뿐 구체적으로 그 아이를 도울 방법 같은 건 생각조차 못했었다.

지금 저 아이를 보니 옛날의 내 짝꿍 모습이 떠올랐다. 비록 그 애는 아니지만 그저 애처로운 생각만큼은 비슷하게 들었다.

이곳에 들어오는 방식은 저마다 달랐다지만 적응해 가는 모습은 거의 비슷했다고 한다. 놀라고 낯가리고 말 못하고 굶다가 차츰 먹기 시작하다가 말을 트고 결국 포기해 가는 단계였다.

사람이 모이는 곳에는 늘 공통점이 있다. 여럿 중에 굳이 자기와 잘 맞는 짝꿍을 찾아내는 것이다. 놀라운 건 어쩜 하나같이 그리도 잘 집어내는지 감탄할 지경이었다. 자기 짝꿍을 기막히게 찾아낸 이들은 둘이서 편을 먹고 다른 이들에게 대항을 했다. 물론 이곳은 적대적으로 살아가는 곳이 아니기에 크게 부딪칠 일은 없다. 그런데도 둘씩, 넷씩 패를 이루면 그 무리가 힘이 실어지는 걸 조금씩 알아가게 되었다. 관계에 서툴던 나는 처음엔 그런 무리의 생성에 거부감을 느꼈지만 필요성은 깨닫고 있었다.

그런데도 선뜻 어느 무리에 끼지 않았던 나는 주로 혼자 다니다 보니 된통 고생을 하게 되었다. 저녁식사 후에 아무 생각 없이 주변을 어슬렁거리다가 길을 잃고 만 것이었다. 개미굴 같이 연결된 미로가 나를 집어 삼켰다고 해야 할 것 같다. 걸어도, 걸어도 결국 제자리로 돌아오자 두려움이 내 발목을 붙잡았고 더는 걸을 수가 없었다. 그저 바닥에 주저앉아 이렇게 죽는구나, 라고 생각했을 때 구세주같이 나타난 이가 정씨 아저씨였다. 공포의 순간에 만난 정씨 아저씨가 아니었으면 숨이 막혀서가 아니라 무서워서 죽었을 것 같았다. 얼룩덜룩한 군복을 입고 헤진 군화를 신은 정씨 아저씨는 고마워하는 내게 별거 아니라는 듯 무심하게 굴었었다. 그날 정씨 아저씨가 사방을 둘러보고 다녔다는 권할머니의 말을 듣고서야 나를 찾은 게 우연이 아니었음을 알게 되었다.

그 후로 나는 정씨 아저씨를 보면 민망하기도 하고 쑥스럽기도 한 어정쩡한 상태로 고개만 까딱했었다. 정작 정씨 아저씨는 별다른 내색을 하지 않았지만 말이다. 그러다 보니 나는 어느 순간 자연스레 정씨 아저씨 줄에 서게 되었다. 어쩌면 그런 일 외에도 그나마 정씨 아저씨가 무섭지 않아서였는지도 모른다. '무섭다'의 기준은 얼굴 표정도 있지만 눈의 흰자위 색깔이 한몫을 했다.

이곳에 있는 사람은 누구나 식사 시간이면 한곳에 모인다. 다섯 개의 조로 나뉘어 조장이 출석 체크를 한다. 조장과 패거리와는 별 관계가 없다. 조장은 그저 출석 관리만 할 뿐이다. 그 시간에는 일단 얼굴을 한 번씩 다 보게 된다. 개중에는 표정 없는 얼굴로 고개만 까딱하는 이도 있지만 간혹 핏기 없는 하얀 얼굴에 흰자위가 검은 사람들이 있었다.

그 수가 대충 5%정도 인 것 같았다. 그들과 눈이 마주칠 때면 식은땀이 등에서 얼음덩이처럼 흘러내리는 것 같았다. 나중에 정씨 아저씨의 말대로 그들과는 눈을 마주치지 않으려고 했다. 그들은 이미 혼이 반쯤 넘어간 사람이라고 했다. 그 말뜻을 이해할 수 없었지만 그렇다고 그 누구에게도 묻지는 않았다. 그 이유를 묻는 순간 내 흰자위도 검게 변할 것 같았기 때문이다.

차츰 내 생활을 되짚어 보니 나는 화장실에 간 적이 없었다. 아니 이곳은 화장실이 없었다. 그뿐이 아니었다. 식사는 제 때에 했는데 씻은 적은 없었다. 그러고 보니 식후에 음식물이 없어지지도 않은 채로 그 다음 끼니의 메뉴는 조금씩 바뀐 채 우리 모두는 식사를 하고 있었다. 식사 당번이 누구인지 알 수 없던 시기가 대충 육 개월쯤 되었을까.

새벽 두 시쯤 -이건 순전히 편의점 알바를 하던 나의 감각적인 시간이다- 이었다. 누군가 내 어깨를 툭툭 두 번을 건드렸다. 마치 노크하듯이. 노크를 하면 대답을 하듯 나는 무의식중에 '네'하고 벌떡 일어나고 말았다. 늦은 시간인데도 편의점에서 일하던 습관대로 의식은 깨어 있었던 모양이다. 정씨 아저씨가 웃는 듯 마는 듯한 얼굴로 나를 내려다보고 있었다. 오른손 엄지손가락은 뒤쪽을 가리킨 채.

이곳 사람들은 손짓 혹은 표정으로 의사 표현을 주로 하며 웬만해선 말을 하지 않는다. 목청을 엄청 아낀다. 나 역시 어느새 물들어 가고 있었다.

왼손 검지를 입에 댄 정씨 아저씨를 따라 나도 모르게 발뒤꿈치를 들고 좁은 미로를 걷고 있었다. 어둡고 좁은 길을 정씨 아저씨는 두더지 같이 나아가고 있었다. 오른쪽으로, 왼쪽으로, 왼쪽으로. 머릿속으로 오 분 거리라고 생각했을 즈음 정씨 아저씨가 갑자기 멈췄다. 그리고 진한 카레 냄새가 났다. 나는 깜짝 놀랐다. 이곳에 와서 음식 냄새를 맡은 적이 한 번도 없었기 때문이었다. 카레 향을 맡자 마치 노란 조명이 켜진 것만 같았다.

눈앞에 노란 조명은 없었지만 녹슨 철문에 노란색의 페인트로 '출입금지' 라고 쓰여 있었다. 녹슨 철문이 살짝 열려 있었다. 가까이 다가가 보니 'ㄹ', 'ㅂ', 'ㅁ'의 페인트가 쭈글쭈글 했다. 바닥 쪽이 습한가 보다고 생각하고 있는데 느닷없이 장롱 문이 열리듯이 '벌컥', 내 앞으로 문이 열렸다. 너무 놀라 주저앉은 나를 정씨 아저씨가 뒤에서 일으켜 주었다. 정씨 아저씨를 쳐다볼 겨를도 없었다.

내 눈앞에 박할아버지와 권할머니가 대형 마트의 카트를 밀며 들어오는 것이었다. 벌어진 입을 다물지 못하고 있자. 권할머니가 큰소리로 외쳤다.

"입 다물어. 먼지 들어가."

카트에는 오뚜기 카레 박스가 쌓여 있었다. 녹슨 철문이 닫히자 더 이상 카레 향은 나지 않았다. 이곳에서 향을 맡은 건 그때가 처음이자 마지막이었다.

아침 출석 시간에 늦지 말라는 둥 늦은 밤에 나다니지 말라는 둥 권할머니가 아무리 잔소리를 해대며 휘저어도 그 누구도 맞서지 못하는 이유는 나이 못지않게, 역시 먹을거리 조달이었다. 이곳은 알면 알수록 모르는 일투성이다.

엘리베이터 문이 막 닫히려던 찰나 내 오른손을 들이밀었다. 그 안에 지팡이를 짚고 서 있던 할머니는 내게 눈길도 주지 않았다. 다만 오른팔을 'ㄴ'자로 기브스를 한 젊은 사내가 야릇한 눈빛으로 나를 보는 듯 마는 듯 했다. 그 눈빛이 이상해서 얼른 내 모습을 거울에 비춰 보고 싶었다. 느리게 움직이던 엘리베이터가 1층에서 멈추고 문이 열리자 환한 빛이 쏟아져 들어왔다. 그 순간 나는 두 눈을 가리며 그 자리에 쓰러졌다. 지팡이와 기브스가 나를 짓밟고 내렸다. 밟혀도 나는 아무 감각이 없었다. 엘리베이터 문이 닫히려고 하자 나는 엉겁결에 튀어나왔다.

어쨌든 땅을 밟았다. 부신 눈을 추스르며 사방을 휘둘러보았다. 30m 정도쯤 앞 대각선 쪽으로 보신각이 눈에 들어온다. 보신각이 중심에 있지 않았다면 이곳이 어딘지 알지 못했을 것이다. 나를 밀치며 옆으로 온갖 사람들이 부산하게 지나갔다. 미안하다는 말도 없이. 우선 내 모습을 보고 싶어 어디로 가야 할지 망설였다. 두어 걸음 앞에 제일은행이 보였다. 가까이 다가가자 입구가 검은 색 대형유리로 되어 있다. 정면에서 있는 내 모습이 유리에 비치지 않았다. 나는 양팔을 흔들었다. 역시 안 보였다. 아무래도 시선을 끌지 않는 롯데리아나 맥도널드 같은 곳에 가서 거울을 봐야겠다.

맥도널드는 보이지 않고 열 걸음 정도면 탐엔탐스에 닿을 것 같았다. 입구로 가는 벽면이 검은 유리로 되어 있었다. 내 앞사람의 모습이 비추다가 없어지고 바로 내 뒷사람의 모습이 비친다. 다시 보아도 내 모습은 보이지 않는다. 급한 마음에 유리를 만지려고 가까이 다가갔다. 검은 유리에 내 모습은 없다. 깜짝 놀라 급한 마음에 내 발아래를 내려다보았다. 그 어디에도 내 그림자는 없었다.

정씨 아저씨 말을 들었어야 했다. 흰자위가 검은 사람과 가까이 해서는, 아니 거슬리게 해서는 안되는 일이었다. 하지만 일부러 그런 건 아니었다. 흰자위가 검은 사람 중에 늘 가죽조끼를 입고 있는 사십 대 초반의 사내가 있었다. 저녁 식사를 마치고 제각각 흩어질 무렵 양 갈래 머리의 여자아이는 박씨 아주머니를 따라가고 있었다. 그 뒤에서 가죽조끼가 여자아이의 양 갈래 머리 중 하나를 잡자 아이는 놀라서 소리를 질렀다. 박씨 아주머니는 흘깃 보더니 얼른 내빼고 있었다. 내가 가까이 다가가 아이의 손을 잡자 아이가 얼결에 '오빠'라고 불렀다. 생각보다 아이가 제법이라고 생각했다. 나는 아이를 데리고 박씨 아주머니를 쫓아갔다. 그때 내 등으로 가죽조끼의 서늘한 시선이 칼날처럼 박혔다.

좋지 않은 예상은 늘 잘도 맞는다. 가죽조끼를 건드린 값을 톡톡히 치르게 된 건 나중에야 알게 되었다. 그날 아이 앞에서 오지랖을 떨지 않았으면 그 공간에서 떠밀려 나오지 않았을 것이다. 그랬다면 혼자가 아닌, 적어도 동료와의 생활은 가능했으니까.

가족이라는 테두리에 큰 의미를 두지 않고 혼자만의 생활도 할 만하다고 생각했던 건 그나마 일을 하고 급여를 받았을 때의 얘기다. 어떻게든 살아가는 게, 살아내는 게 시급했으니까.

가죽조끼는 어떻게든 나를 내보내려고 애쓴 것 같다. 내 오지랖이 그토록 싫었나 보다. 가죽조끼가 아는 유일한 방법은 나갈 때 엘리베이터를 타는 것이라고 했다. 역시 결정적인 선택을 할 땐 본능을 무시해선 안된다. 내게 적대적인지 아닌지가 아주 중요한 기준이 된다는 걸 또다시 깨닫는다. 늘 지나서 알면 뭐하냔 말이다. 하긴 원래대로 돌아갈 수 있다고 유혹하는데 거부하기가 쉽지 않았다.

그땐 엘리베이터를 타고 나가면 그대로 내 삶이 연결될 줄 알았다. 비록 쉴 새 없이 일해야 하는 생활이었음에도 가끔은 영화 한 편이라도 볼 수 있었으니까. 내가 죽은 줄 알았다면 그 엘리베이터를 탔을까. 마지막 순간에 잠깐 정씨 아저씨가 생각났지만 결국 엘리베이터에 발을 들이밀었을 땐 후회하지 않았었다. 땅을 디디고 나서 환호성을 지르며 한동안 기뻤으니까. 곧 내 모습이 보이지 않고 그림자가 없음을 알고 나자 그제야 섣부른 판단을 후회했다.

예전에 최충무라는 분은 박할아버지의 동료였으니 할아버지겠지. 혹시 모르는 일이니 돌아오지 못했다는 그 분이라도 찾아볼까. 모르긴 해도 이 근처를 떠돌고 있지는 않을까.

달리 할 게 없던 나는 사람들이 말하던 화신백화점이니 삼성빌딩이니 하던 건물로 다가갔다. 그곳에 '서울 인 구글' 이라는 빨간색과 노랑, 초록색의 로고가 박힌 전광판이 중심에 붙어 있었다. 낯선 곳에 주눅이 드는 건 죽어서도 변하지 않았다.

그나마 눈에 익은 보신각이 제일 만만했다. 한없이 풀이 죽어 보신각을 향해 나아갔다. 가까이 다가갈수록 내 입은 벌어지고 웃음이 나왔다.

세상에, 보신각종을 둘러싸고 내가 알던 인물들이 거기 다 모였나 싶을 지경이었다. 박할아버지, 권할머니, 정씨 아저씨, 심지어 양 갈래 머리 여자아이까지 거기서 나를 향해 손을 흔들고 있었다. 나는 그저 헛웃음이 나오고 있었다.

저 아래에서 지상에 이르기까지 나는 그동안 공연한 헛수고를 한 것이다. 지상에 닿을 수만 있다면 죽어도 좋다고 생각할 정도의 의미가 있었을까. 이미 죽은 마당에, 하긴 죽은 줄 몰랐으니.

'금지'란 단어는 사람을 현혹시킨다. 금지된 장난, 금지된

사랑, 낙서금지, 소변금지. 나는 '출입금지'에 주목했어야 했다. 출입금지는 곧 출입이 가능은 한데 금지한다는 게 아니던가. 그걸 진작 깨달았다면 이렇게 가죽조끼에 휘둘리지 않았을 것을. '금지'가 힌트였던 것이다. 금지를 풀어 가능이나 허용이 될 수 있게 집중 공략을 했어야 했다. 가죽조끼는 쉬운 방법을 다 알고 있으면서 내가, 나가는 엘리베이터를 찾아 뱅글뱅글 도는 꼴을 고소해하며 지켜본 것은 아니었을까.

뭐든 처음이 어렵지 알고 나면 아무것도 아니었음을 깨닫지 않던가. 보신각종을 둘러싸고 손을 흔드는 저들에게 헤벌레 웃으며 다가가던 나는 갑자기 멈춰 섰다.

저기서 손을 흔들며 하나로 뭉쳐 있는 가족 같은 모습. 지하에서는 내 편이라고 생각했거늘 왠지 섭섭했다. 역시 상처받은 건 나뿐이다. 마지막에 들어온 양 갈래 머리조차 저들 편에 끼어 내게 손을 흔들고 있다. 그동안 나는 뭘 했던 것일까.

나를 희롱한 가죽조끼보다 갑자기 저들이 더 꼴 보기 싫어졌다. 어린 여자아이에게조차 농락당한 기분이었다. 다시는 저들과 어울리지 못할 것 같다. 불과 반나절도 안돼서 저들을 그리워했건만 이젠 저들에게 따돌림 당한 기분이다. 하긴 나는 저들 중 누구에게도 지상으로 나가고 싶다는 말을 한 적이 없었다. 내가 죽은 줄 몰랐으니 한 번 나가면 지하로 돌아갈 생각도 없었고 그건 곧 저들을 배신하는 것 같아 숨긴 게 아니었을까. 그걸 가죽조끼가 알아채곤 은밀히 내게 다가와 부추기며 알려 준 방법이 나가는 엘리베이터를 찾는 것이었다. 어쩌면 정씨 아저씨에게 나의 생각을 말했더라면 흔쾌히 나가는 방법을 알려주었을 뿐만 아니라 심지어 지금 저들처럼 보신각에서 함께 손을 흔들고 있었을지도 모른다.

손을 흔들던 정씨 아저씨가 이쪽으로 오고 있다. 머뭇거리던 나는 등을 돌렸다. 눈앞에 커다란 동굴처럼 지하철 입구의 계단이 있다. 급히 계단을 내려간 나는 지하철을 타기 위해 늘어선 사람들 틈에 섞여 버렸다.

덩치 큰 사람 옆에 서자 정씨 아저씨가 되돌아가는 모습이 보였다. 지하철이 도착해서 줄선 사람들이 타고 떠나자 승강장이 조용해졌다. 예전에는 없던 안전유리문이 설치되어 철로로 떨어질 우려가 없어졌다.

나는 안전 유리문 앞에 그려 놓은 빨간색 발자국 모양에 발을 맞춰 서 보았다. 앞 유리에 비치지 않는 나는 아무것도 아니었다. 모든 일이 항상 지금은 모른다. 지나고 나서야 후회하고 그리워한다. 생각해 보니 미련이 너무 많으면 저 세상으로 쉽게 넘어가지 못하는 게 아닐까. 나는 이제 어떻게 되는 것일까.

닭집 언니

오늘은 비오는 날이다. 비오는 날이면 나는 길 건너 헬스클럽의 줌바 멤버이자 가스 검침원인 S와 닭집에 간다. 이 동네 사람들은 비오는 밤에 닭집에서 생맥주 마시는 걸 즐기는 모양이다. 비만 왔다 하면 닭집 언니가 늘 바쁘다. 줌바 반에서 유난히 친한 S와 나는 자주 닭집에 드나든다.

닭집 언니 G는 간판에 쓰여 있는 〈닭집〉의 주인이다. 이 동네에 새로 이사 온 사람들은 닭집을 희한하게 바라본다. '닭집'하면 재래시장에서 홀라당 털을 벗긴, 허연 생닭을 쌓아 놓고 파는 집을 연상하기 때문이다. G는 손님들이 치킨이라고 하면 싫어했다. 닭이라고 해야 정감이 간다는 것이다. 흠, 무슨 소린지 모르겠으나 암튼 치킨이라고 하면 너무 상업적인 느낌이 들어 거부감이 생긴다는 것이다. 사람들은 저마다의 생각이나 판단이 다르다 보니 그런가 보다고 넘어갈 수밖에. 따지고 들면 너무 피곤하니 말이다.

G는 매일 밤 11시에 문을 닫는다. 아무리 손님이 벅적거려도 10시 반이 되면 주로 교회 설교단에서 쓰는 스테인리스 종을 서너 번 두드리고 이제부터 삼십 분 뒤에 문을 닫습니다, 라고 큰소리로 외친다. G는 무슨 일이 있어도 밤 12시에는 잠을 자야 한다는 것이다. 손님들이 항의해도 소용없다.

이 닭집에서는 G가 왕이다. 손님은 G가 시키는 대로 해야 한다. G는 자신의 재미없는 인생에서 이마저도 자기 목소리를 낼 수 없다면 살 의미가 없다고 했다. 아무튼 G가 그렇다면 그런 것이다. 따르지 않는 사람은 다음부터 G의 닭집에 들어갈 수 없다. G의 닭집에는 그만큼 들어가고 싶은 무언가가 있다.

닭집에는 튀긴 닭과 절인 무, 생맥주. 그 외엔 아무것도 없다. G가 닭집에는 닭만 있으면 된다고 했다. 닭집에 이것저것 있으면 잡화점이지 무슨 닭집이냐고 했다. 하긴 틀린 말은 아니다. 그럼 생맥주는? 〈닭, 절인 무, 생맥주〉라고 하던가, 라고 했더니. 내가 작업하는 건 닭이고 절인 무와 생맥주는 있는 그대로 가져오는 거니까. 그럼 다른 것도 있는 그대로 가져오면 되겠네, 라고 했더니. G가 웃으면서 시끄러, 라고 했다. G는 할 말이 없으면 웃으며 시끄러, 라고 한다. G가 늘 이기는 분위기다. 하긴 G가 싫으면 안가면 그만이다.

비오는 날이면 손님이 넘쳐나는 걸 보고 우리는 '비 내리는 닭집'으로 이름을 바꿔야 한다고 입을 모았었다. G는 고개를 저었다. 사람 심리는 묘해서 막상 그렇게 하다 보면 속이 꼬인 사람들이 역으로 안 올 수 있다고 했다. 역시 산전수전 겪은 사람들은 안 그런 척 해도 많은 경우의 수를 늘 생각하는가 보다. 나이는 헛먹는 게 아닌가 보다. 비오는 날 닫힌 문 앞에서 줄 선 손님을 보고 좀 일찍 문을 열라고 했더니 그 또한 그 맛을 즐겨야 된다는 것이다.

오늘, 헬스클럽에서 S가 보이지 않는다. 웬만해선 빠지지 않는 S이기에 카톡을 해 보았지만 답장이 없었다. 아무리 바빠도 이모티콘 정도는 보내 주었었는데.

일주일이 지나서 S가 나왔다. S의 광대뼈는 연두색이고 왼쪽 입술 위는 노란색이었다. 올해, 김해지역의 대단위 아파트 건설 현장에 가있다는 S의 남편이 때렸을 리는 없다. 두 달에 한 번도 올까 말까한 사이라 싸울 새도 없다고 했었다. 줌바 타임이 끝나고 S를 끌고 반신욕장으로 갔다. S는 우울함이 지나쳐 아예 말도 섞고 싶지 않은 표정이었다. 나는 사물함에서 코코아를 꺼내 진하게 탔다.

우리는 말없이 코코아를 마셨다. 한참을 조용히 있던 S의 입에서 느닷없이 '개새끼들'이라는 욕이 나왔다. 나는 깜짝 놀라 코코아를 뱉을 뻔했다. 나는 잠시 S의 얼굴을 멍하니 바라보았다. 평소에 S가 욕하는 걸 본 적이 없었다. 아니 그럴 일이 없었다.

S가 4층짜리 동서빌라에 검침하러 갔을 때 안방 문이 활짝 열려 있었단다. 여름으로 치닫는 날씨 탓인지 이불도 덮지 않고 후줄근한 팬티만 걸친 채 똑바로 누워 있는 영감 옆에, 라면 냄비가 엎어져 있었다고 한다. 현관문을 열어 준 ―손자치

고는 나이 들어 보이는– 사내가 아픈 영감을 같이 일으켜 달라고 하더란다. S가 언뜻 봐도 영감 얼굴이 누렇게 뜬 게 잔병치레깨나 하는 모습이었다. S는 별생각 없이 방에 들어가 누워 있는 영감의 등 쪽으로 손을 넣으려는 순간 둘이서 S를 덮쳤다는 것이다. S는 영감을 팔꿈치로 한 대 갈기고 손자 고추를 발로 찼단다. 영감의 코피가 터지자 손자가 놀라 엉금엉금 기어가더란다.

꼴좋았겠다. 속이 시원했다. 문제는 그들이 가스공사 대리점으로 전화해서 S가 폭력을 휘둘렀다고 억지 주장을 했다는 것이다. 그 일로 남자 주임은 영감 편을 들고 여자 팀장은 S 편을 들면서 대리점에서 크게 싸우기까지 했단다.

S는 놀라운 얘기를 했다. 그 집에서 정작 놀란 건 그 두 사내가 아니었다는 것이다. 그 영감의 이부자리에 성인용 여자 인형이 누워 있었다는 것이다. 그 장면이 머릿속에 맴돌아 며칠 동안 밥맛도 없었다고 했다. 그 인형의 얼굴에 진한 화장을 해놓고는 어찌나 비벼댔는지 입술 부근은 벌겋게 뭉개져 있고, 가슴 한쪽 웃옷은 거의 찢겨져 너덜너덜한 옷 사

이로 젓꼭지가 보였다는 것이다. 나는 말만 듣고도 소름이 돋아 올랐다.

S는 순간적으로 속눈썹이 길게 붙은 인형의 동그랗고 큰 눈이 불쌍해 보였다고 했다. 놀람은 그것으로 그치지 않았다. 최근 며칠 전부터 그 인형이 S의 꿈에 나타나 '저 좀 도와주세요' 라며 운다는 것이다. 갈수록 태산이었다. 그때부터 둘 다 입을 다물었다.

우리는 닭집에 가서 G에게 S의 일을 털어놓았다. G는 우리처럼 놀라지 않았다. 역시 G였다. 모든 문제는 답이 있기 때문에 문제라고 했다. 어려우면 어려운 대로 쉬우면 쉬운 대로 답이 있다는 것이다. 그럼 S의 문제는 어려운 문제냐고 했더니 아니, 복잡한 문제라고 했다. G와 얘기하다 보면 심각한 가운데도 웃음이 나오는 걸 참지 못하겠다. 복잡한 문제는 반대로 간단한 답이 있다는 것이다. 아무튼 우리는 기다리기로 했다. G가 그 간단한 답을 알려주기를.

G로부터 연락이 왔다. 기대 반 호기심 반으로 나는 가슴이 울렁거렸다. S도 마찬가지였을 것이다. G는 S에게 인형이 꿈

에서 도와 달라고 하면 어떤 도움을 원하냐고 물어보라고 했다. 나는 피식 웃음이 나왔다. 너무 기대가 컸던 모양이다. 이 문제의 해결책은 한참을 기다려야 할 판이었다. 아니 어쩜 오래 걸릴지도 모른다. 나는 웃었지만 S는 심각했다. G를 마치 교주처럼 바라보며 지시를 기다리는 신도 같았다.

다시 며칠이 지났다. 이번에도 G가 먼저 연락을 해왔다. S와 내가 닭집에 들어서자 G가 닭을 튀기려다 말고 황급히 우리자리로 왔다. 평소에 비교적 무덤덤한 G가 이번 일에 꽤나 열성이다. 늦은 밤의 노란 조명으로 봐서 그런지 S의 얼굴은 유난히 누렇게 떠 있었다. G가 서두 없이 물었다. 만났냐고. S도 담백하게 답한다. 만났다고. 나는 이 상황에 또 웃음이 나오는 걸 겨우 참고 있었다.

뭐래?

차라리 결혼을 시켜 달래.

웬 결혼?

노리개 감이 아닌 마누라가 되고 싶대.

다 늙은 영감의?

늙고 젊고는 상관없대. 그냥 누군가의 마누라면 그걸로 됐

대.

G는 고개를 갸우뚱거리며 튀김 기름 쪽으로 갔다. S와 나는 각자 허공을 보며 잠시도 쉬지 않고 무의식적으로 강냉이를 입속으로 던져 넣고 있었다. 그러고 보니 전에는 이 닭집에 강냉이 따위는 없었다. G가 어느 정도 마음의 여유가 생겼나보다. G가 생맥주 석 잔을 들고 왔다. 셋은 반사적으로 맥주잔을 들고 형식적인 건배를 했다. 만약 S가 인형을 도와줄 생각이 있다 한들 다시는 보고 싶지 않은 그 영감을 또 만나야 하는 어려움이 있었다.

그러던 차에 S의 뜻밖의 얘기. 영감의 손자가 S의 휴대폰으로 전화를 걸어왔다는 것이다. S는 가스 사용자가 부재 시 도시가스 검침 스티커에 인쇄되어 공적으로 사용하는 자신의 번호를 잘도 활용한다고 생각했다. 손자에게 전한 영감 말이, 성인용 인형이 S에게 도움을 청하라고 했다는 것이다.

손자가 말하길 인형이 영감 꿈에 나타나 자꾸 결혼해 달라고 조르는 바람에, 영감이 도통 잠을 못 잔다는 것이다. 답답해진 손자가 누구한테 말할 데도 없어서 점집에 갔더니 굿을 하라고 했는데 그 값이 무려 삼백만 원이란다. S는 기가 막힐 노릇이었다. 도대체 왜 이일에 연루됐는지 생각해 보니 그 인형의 얼굴을 본 것이 화근이었던 것 같았다. 그날 그 집에 간 거, 거기서 인형을 본 죄였다.

그 영감과 손자가 계획적으로 S를 끌어들였듯이 어쩜 그 인형 또한 S를 불러들인 것일지도 몰랐다. 다시 G의 해답을 얻기 위해 기다리던 S와 나는 몹시 긴장되어 밥맛도 잃고 말았다.

G의 명언이 시작되었다. 돈 삼백이 썩어 났냐, 까짓것 결혼하면 되지. 굿은 왜 해. 시장에 가서 인형이 입을 만한 예쁜 옷 한 벌 사고 떡이나 케이크 하나 사 놓고 맞절하면 끝인 것을. S, 네가 지은 죄가 있나 보다. 그 일 네가 주선해서 풀어 줘야 할 것 같다. 그 영감과 손자가 뭔들 할 줄 알겠냐. 그저 불쌍히 여겨서 네가 손 좀 써 줘라. 명쾌한 G의 말에 나는 고개를 끄덕였지만 S는 영 벌레 씹은 얼굴이었다.

결국 우리 셋이 함께 나서기로 했다. S혼자서 일을 처리하기는 아무래도 무리였다. G가 평소에 자주 간다는 대성시장은 서울인가 싶을 정도로 낙후되고 열악한 모습이었다. 그나마 최근에 시장 골목 위로 투명한 아크릴 지붕을 씌워서 간신히 구질구질함에서 벗어나고자 애쓴 티가 났다. 일단 비 오는 궂은 날에 골목 통을 우산 없이 다닐 수 있다는 사실에 상인들은 그나마 만족해한다는 것이다.

S는 G가 나섬으로써 불안감에서 벗어난 모양이다. 이렇게 옆에서 함께 나서 주는 사람이 있는 것만으로 두려움이나 근심, 걱정이 덜어진 것 같았다.

G가 인형의 몸 크기를 물어보았다. 사실 S는 놀라고 당황한 상황이라 그리 자세히 보지는 못했으나 그저 140cm 정도에 약간 통통한 것으로 유추해 냈다.

G가 모든 준비를 다해서 그 집에서 식을 치러 주자고 했다. S는 영 내키지 않는 표정이었지만 G가 그렇게까지 나서니 할 수 없이 수긍했다. 사실 G와 나는 그 영감 집에 한 번 다녀오면 끝이지만 S는 직장을 그만두지 않는 이상 계속 연락이 가능한 상태니 이해가 가긴 했다.

G는 우선 목 주위로 부드러운 레이스가 달린 흰색 원피

스 한 벌을 샀다. 거기에다 머리에 꽂을 왕관 모양의 반짝이는 스톤이 박힌 헤어밴드도 추가했다. 이어서 잡화점 매대에서 살색 스타킹과 발 편한 플랫슈즈를 빨간 플라스틱 바구니에 담았다. S가, 어차피 인형은 실내에만 있을 텐데 답답하게 스타킹과 슈즈는 왜 사냐고 했다. 하긴, 하더니 G는 스타킹과 슈즈를 빼고 색동으로 된 덧버선을 집어 들었다. S가 색동 덧버선을 보더니 그건 한복하고나 어울리지 흰색 원피스랑은 너무 안 맞는다고 하자 G는 이내 하얀 레이스 덧버선으로 바꾸었다. 좀처럼 남의 말을 듣지 않는 G가 저럴 때도 있나 싶었다.

G와 S는 쇼핑을 하다 보니 점점 흥이 나는 모양이다. S는 어린아이들이 할 법한 구슬 목걸이를 골라잡고 아크릴 반지 케이스에서 커다란 알반지를 뽑아서 자신의 왼손 새끼손가락에 끼어 보더니 그것도 추가했다. 우리가 생각지도 못했던 것, 그건 정작 영감이었다.

G는 이왕 하는 김에 인심 쓰자며 영감의 한복 한 벌을 골랐다. S와 나는 흠칫했다. S는 그 느끼한 영감탱이 때문에 이 고생인데 챙겨 줄 마음이 어디 있냐고 G를 흘겨보았다. G는 이

것도 다 그 영감과 전생에 무슨 인연이 있었나 보다. 하는 김에 잘하면 좋지 않냐, 며 그 비용은 자신이 낸다고 했다. 생각지도 않게 짐 보따리가 늘어만 갔다.

셋의 양손마다 늘어지는 검은 비닐봉지에 따라 등줄기로 땀이 흘러내리고 얼굴은 번들거리고 있었다. 역시 재래시장은 결정적으로 에어컨이 없는 게 문제다. 그 정신없는 와중에 G가 뜨끈한 열기가 뻗쳐 나오는 철판 순대집 앞에서 멈추었다. 순대를 비롯해 보기만 해도 매운맛에 혀가 얼얼할 것 같은 닭발무침이 깻잎 옆에 쌓여 있었다.

시뻘건 닭발을 보던 G의 눈동자가 갑자기 몽롱해지는 것 같았다. 긴말이 필요 없었다. G는 조악한 나무로 된 벤치에 털썩 주저앉았다. S와 나는 말할 여지도 없이 그저 G의 옆에 무거운 엉덩이를 내려놓았다.

S와 나는 순대볶음을 젓가락으로 집어먹으며 G의 모처럼의 식탐을 보게 되었다. 평소 G가 그다지 먹성이 좋지 않다고 알고 있던 나는 또 다른 G를 보는 것 같았다. 비닐장갑을 낀 G의 양손에 잡힌 닭발은 G의 번들거리는 입술 사이로 쉴 새 없이 넘나들었다. 이 시장에 온 이유가 마치 닭발을 먹기 위

한 게 아닐까 싶을 정도였다. 닭발을 다 먹고 나서야 모든 일의 마무리가 된 듯한 G의 표정을 볼 수 있었다.

정해진 날, S와 나는 닭집에 갔다. 닭집 문을 열고 들어서니 입구 쪽 테이블에 뜨끈뜨끈한 팥 시루떡이 준비되어 있었다. 웬 떡? 나는 케이크 하나를 사서 초를 꽂을 줄 예상했는데 전혀 다른 컨셉이었다.

그 집에 밥상은 있을 테고, 라고 G가 말했다. G가 시키는 대로 S와 나는 테이블에 놓여 있는 떡과 불룩한 라면 박스 세 개를 G의 흰색 모닝 트렁크에 실었다.

4층 1호의 초인종을 눌렀다. 나는 가슴속에서 콩닥거리는 심장 소리가 들리는 것 같았다. 내가 이런 일에 개입되리라고는 꿈에도 생각해 본 적이 없었다. 남편이 알면 기절초풍할 노릇이었다. 살다 보니 참 별일도 다 있다. 그건 아마 나뿐만이 아니라 G나 S도 마찬가지겠지만 말이다.

현관문이 빼꼼 열렸다. 그 사이로 돼지머리 같은 얼굴이 빼죽 나타났다. 모공이 크고 거무튀튀한 데다 씻은 지 오래된 듯한 얼굴이었다. 한마디로 역겨웠다. 내가 뭔 짓을 하는 건지 싶었다. 이건 뭐 봉사라고 해도 의미를 따지기 어려운 야릇한 노릇이었다. 하지만 이미 문은 열렸고 여기서 멈출 순 없었다.

그 후로 진행된 일은 눈 깜짝할 새였다. 예상 못한 바는 아니지만 G의 과감한 행동에 어? 어? 하다 보니 상 위에 플라스틱 오리 한 쌍까지 놓여 있었다. 알찬 생밤에 대추까지 오부지게 자리를 차지하고 있었다. 엄살쟁이처럼 생긴 깡마른 영감은 G의 당찬 지시에 쪽도 못쓰고 시키는 대로 꼼지락거리며 이부자리를 걷고 있었다. 나는 차츰 긴장이 풀리더니 왠지 웃음이 나오고 있는 걸 겨우 참고 있었다. S는 묵묵히 G가 하라는 대로 움직였다.

상차림을 거의 마쳐 가던 G가 후줄근한 인형 옷을 벗기는 S를 보더니 얼른 다가갔다.

아무래도 씻겨야겠다.

그리곤 G가 인형을 안더니 화장실로 갔다. 화장실은 왜 그리도 좁고 전등 빛이 어두운지 같이 들어갈 엄두가 나질 않았다. 그 안에서 G가 한동안 씨름을 했는지 땀으로 범벅이 되어 나왔다.

G는 영감의 옷매무새를 만져 주고 S는 인형을 꾸며 주고 있었다. G의 세심함에 나는 또 한 번 놀랐다. 인형이 입을 팬티가 폭삭한 면 위에 레이스를 빙 둘러싸고 있는 고급품이었기 때문이다. 인형에게 팬티를 입히던 S는 어느 순간 눈물을 흘리고 있었다. 그 모습을 보자 왠지 나도 모르게 코끝이 찡했다. S는 인형의 가슴에 가장자리 와이어가 없고 지퍼가 앞쪽에 있는 살구색 브래지어를 입혀 주었다. 나는 S가 옷을 잘 입히도록 인형을 붙잡고 가능한 한 얼굴을 보지 않으려고 애썼다. G는 야무지게 상을 차리고 영감을 제대로 준비시키고 사회까지 보았다.

영감의 손자인지는 돼지 같은 묵직한 몸으로 표정 없이 우리 셋의 행동을 멍하니 지켜보고 있었다. 참으로 생각이라곤 없어 보였다. 그야말로 물 한 그릇 떠 놓을 생각조차 못하는 인간이었다.

영감과 맞절을 하기 위해서는 인형을 제대로 잡고 인사를 시켜야했다. 술잔에 따라 놓은 법주를 영감은 넙죽 마셨지만 인형의 술은 아무도 대신 마시려고 하지 않았다. G가 술잔을 들어 인형의 입술에 살짝 대주곤 이내 퇴주잔에 쏟아부었다.

영감은 처음에 이 무슨 짓이냐는 거부감이 있는 듯 했으나 G의 당차면서도 섬세한 손길에 차츰 녹아드는 것 같았다. G가 시키는 대로 맞절도 척척해대는 영감을 보아하니 아프다는 건 다 거짓말 같았다. 지 좋은 건 저렇게 잘하면서 귀찮은 걸 시킬 때는 아프다고 몸을 사리는 모양이다.

의식이 끝나자 모두 G의 얼굴만 바라보았다. G는 영감의 옷은 손자에게 맡기고 인형의 흰색 원피스를 벗기고 연한 핑크빛 홈드레스로 갈아입혔다. 머리의 헤어밴드는 빼내고 빗으로 빗어 하나로 묶었다. 그러고 보니 차분한 모습이 여느 아낙네 같았다.

G는 일회용 접시와 컵, 술병, 나무젓가락 등 쓰레기를 모아 가져갔던 라면 박스에 넣었다. S와 나는 주섬주섬 G를 따라 정리했다. 우리 셋은 라면 박스를 들고 현관문에 나란히 섰다. G가 영감을 향해 인형을 잘 부탁한다며 고개를 숙이자 S와 나도 따라서 고개를 숙였다.

닭집에 간 우리는 자장면을 시켜 놓고 소주를 마셨다. S는 뭔가 속이 후련한 표정이었다. 정작 개운한 건 나야, 라고 G가 입을 열었다.

나, 그 영감을 알고 있어. 저래봬도 그 영감 예전에 꽤 부자였어.

깜짝 놀란 S와 나는 얼굴을 마주 보았다. G는 먹다 남은 자장면 그릇을 옆으로 밀어 놓고는 커피나 마시자며 아직 술이 남아 있는 소주잔을 치워 버렸다. 무선 주전자의 물이 끓는 동안 셋은 멍하니 앉아 각자의 생각에 잠겼다.

정확히 말하자면 영감의 본처를 안다고 해야겠지. 예전에 우리 엄마가 요 앞 삼거리 시장에서 닭집을 했었어. 이런 튀김집 말고 생닭집말이야. 그래서 난 일부러 대성시장까지 다녀와.

우리 집 삼대 모녀가 닭하고 무슨 웬수를 졌는지 외할머니는 양계장을 했었어. 여기서 별로 멀지 않아. 광명시야. 그때만 해도 거긴 논밭투성이였어. 아무래도 그 양계장이 문제였나 봐. 새벽마다 실려 나가는 닭들의 수런거림, 그 소리는 마치 살인을 도모하는 음습한 속삭임 같아 진저리가 날 지경이었어. 그 많은 닭들이 결국은 죽으러 가는 거잖아. 닭들의 죽음에 애도를 표해야 하나. 그렇다면 그걸 먹는 사람들은, 그저 남들이 죽여준 닭을 쉽게 먹을 뿐이잖아. 닭을 키우는 사람이나 죽여서 식자재로 만드는 사람이 무슨 죄가 있냐고. 규모가 크지도 작지도 않은 양계장이라 할머니가 딸자식 하나를 키우는 덴 어려움이 없었을 거야. 다만 양계장의 앞날은 누구도 예측할 수 없다는 건 대부분의 사람들이 알거야.

닭들은 한 마리가 죽어 나가기 시작하면 나머지 닭이 몰살하는 건 시간문제거든. 그래서 양계장을 하는 사람치고 큰 부자는 없는 모양이야. 싹쓸이로 죽고 나면 다시 씨암탉을 사서 알을 까고 시작하고를 반복하는 거지.

할머니가 혼자 힘으로 양계장을 꾸려 나간 건 그걸 팽개치고 집을 나가 버린 할아버지에 대한 오기였을거야. 데릴사위로 빈 몸으로 들어와 적당히 비비며 돈이나 좀 만져 보려던 욕심이 막상 살아 보니 날마다 지겹도록 닭똥이나 치우며 사료를 퍼 날라야 하니 줄행랑을 놓은 거지. 할머니를 돕는답시고 엄마는 힘만 좋은 별 볼일 없는 남자를 맞아들이고 그 남자도 양계장 일이 지겨웠는지 서울로 가버린 채 연락을 끊었대.

할머니가 돌아가셨을 때, 때 맞춰 양계장의 닭들이 떼죽음을 당하자 엄마는 미련 없이 그곳을 떠났지. 서울이 얼마나 좋기에 그곳으로 간 사람들은 다시는 돌아오지 않을까를 생각하던 엄마는 이 동네에 발을 디뎠대.

나는 G의 얘기를 들으며 마치 조선시대를 막 지난 근대의 흑백 사진을 들여다보는 듯한 기분이었다. 일제강점기도 지나고 전쟁과 회복기를 다 거친 뒤의 일인데 어찌 이리도 먼 옛날의 일처럼 들리는 것일까. 그건 G의 가족사가 나의 가족사와 너무도 다른 데에 따른 거리감이 시대를 갈라놓듯 느껴지기 때문일까.

G의 서울살이에서 셋집 뒤켠에 사과 박스를 놓고 상추를 키워 먹던 G의 엄마가 한 해는 상추 뒤쪽에 맨드라미를 키우더니 쭈글쭈글 닭벼슬 같은 꽃을 하루에 몇 번이고 쓰다듬더란다. 징글징글 지겹다던 닭들이 어느 샌가 그리워지고 결국 식당 주방에서 천으로 된 앞치마를 벗어 던지고 생닭집의 비닐 앞치마를 둘렀단다.

G의 엄마가 미끄덩거리는 허연 생닭의 발목을 왼손으로 야무지게 쥐고 둥그런 70cm 높이의 나무 도마에 철퍼덕 놓고는 칼을 쥔 오른손이 번쩍 들릴 때면 G의 가슴이 조마조마하다가 퍽, 퍽 소리가 날 때는 가슴 한 구석에서 안도하며 살아갈 힘이 생겼다고 한다.

사람이 희망을 갖고 살아가는 방식은 이렇게도 다른 것인가.

그 영감이 어떻게 우리 엄마와 엮였는지는 나도 모르는 일이야. 확실한 건 그 영감의 본처가 계속 우리 엄마를 찾아와 애걸복걸을 한 거야. 제발 이 동네를 떠나 달라고 구슬리다가 성을 내다가 돈을 주기도 한 것 같아. 그래 봤자 푼돈이었겠지. 노랭이 영감이 제 아내에게 넉넉한 돈을 주진 않았을 테니. 이제 와 생각해 보면 우리 엄마가 제일 한심했던 것 같아. 그 영감 뭐 볼 게 있다고. 동네에 망신살이 뻗쳐 가면서까지. 웃기는 게 우리 엄마랑 겨우 정리가 된 건 다른 여편네가 나타났기 때문이야. 우리 엄마보다 더 젊고 날씬한 화장품 할인점을 하던 과부였어. 딸린 애도 없고 말이야. 그러자 그 영감의 본처는 화장품 할인점을 드나들기 시작했지. 반년도 안 돼서 그 여자는 가게를 접고 후처가 되어 시장 뒤쪽에 있는 주택 한 채를 얻어냈어. 제일 실속을 차린 거지.

난 그 영감의 얼굴은 몰랐어. 아까 그 집에 가기 전까진. 영감의 머리맡 문갑 위에 본처의 사진을 보고서야 알았어. 사람 일은 정말 알 수가 없네. 그 영감을 만날 줄이야. 우리 엄마가 저 하늘 위에서 오늘 내가 한 일을 보면 뭐라 할까. 잘했다고? 아님 미친 짓을 했다고, 뭐라 한들 사실 무슨 의미가 있겠어. 이젠 이 빠지고 힘없는 그저 가련한 노인일 뿐인데.

G는 다 식어 빠진 커피 한 모금으로 입안을 적시고 잊기 전에 말하듯이 말을 이어 나간다.

예전의 내 눈에는 도끼처럼 커 보이던 엄마의 칼이 지금은 참 볼품없는 평범한 식칼에 불과한 게 너무 낯설어. 지금도 가끔 그 칼을 꺼내 보면 마치 엄마를 만나는 것 같아. 웃기지. 여느 모녀처럼 예쁘고 앙증맞은 액세서리 같은 소품이 아니고 살벌한 '칼'이라니. 내 기억엔 엄마가 그 칼을 쥐고 있을 때가 가장 믿음직스러웠나봐.

우리 엄마가 생닭을 손질할 때 거침없이 휘두르던 그 칼을 보고도 그 영감은 우리 엄마가 한때나마 사랑스러웠을까. 보통 남정네들은 여자답지 않다고 꺼리지 않을까 싶거든. 하긴 남녀의 일은 아무도 모른다고 하니 뭐라 말할 순 없지만. 그래서 사람은 자기가 가장 잘하는 일을 할 때 매력이 있어 보이나봐.

한 남자에게 버림받고 그 남자가 죽었는지 살았는지 평생 알지도 못한 채 또 다른 남자라고 만난 것이 기껏 그런 난봉꾼 영감이라니. 여자들이 대체로 자기 엄마의 팔자를 닮는다는 말이 어느 정도 아니 8, 90%는 맞는 거 같아. 나만 봐도 그렇잖아, 하며 G는 느닷없이 날카로운 눈으로 S와 나를 쳐다봤다. 멍하니 듣고 있던 S와 나는 순간 놀라서 선뜻 반응하지 못했다. G가 오래전 이혼했다는 것 외엔 아는 바가 없는 S와 나는 어떤 표정을 지어야 하는지 알 수 없어 당황했다.

거봐 즉각 아니라고 말 못하네. 됐어. 됐어. 긴장하지 마. 하며 G는 일어나서 스위치를 켠다. 불이 켜지자 우리가 꽤 어두운 곳에 있었다는 걸 알 수 있었다. 갑자기 어색해진 S와 나는 서로의 무안함을 어쩌지 못해 각자의 핸드폰을 집어 들고 시간을 확인하려 했다. 나는 핸드폰에서 쓸데없는 문자를 확인하고는 가방에 넣고 나자 막상 시간은 확인하지 못했다는 걸 알았다.

참, 아까 그 돼지 같은 녀석 있지. 걔가 손자가 아니라 아들이야, 우습지. 그 영감이랑 딴판이잖아. 유전자 검사 같은 걸 했을 리 없지. 그 영감 바람을 피우다, 피우다 종내는 갈 때까지 갔지. 맨 마지막 여자가 맥주 집에서 일하던 여자였다고 하더군. 그 여자가 영감 애를 가졌다며 영감을 호리는 통에 그동안의 재산을 홀라당 갖다 바치고 아들 하나 덜렁 안고 똥밭에 주저앉은 꼴 났다더군. 그 아들이 아까 그 돼지 상인 모양이야.

웬만해선 흥분하지 않는 G였다. 지금은 G의 입에서 침이 튀어 오르는 것 같다. G의 얘기를 듣고 보니 이 동네에 빠삭하다던 말이 생각났다. 요 앞 해오름아파트는 원래 파밭에서 운전면허 학원으로 운영되던 터였으며 바로 건너편 현대아파트는 제법 큰 방직공장이었다는 얘기는 흘려들었었다.

이제 보니 아파트가 생기고 건물이 올라가고 도로가 넓어지는 과정에는 사람들이 사랑하고 헤어지고 분노하며 원망하고 심지어 저주하는 일이 포함된 것이었다. 사람들이 흔히 말하는 흥, 어디 두고 보자, 는 실제 2, 30년이 지났을 때를 봐야 한다. 하지만 그 세월 후에는 막상 두고 보자던 사람이 이미 옛일을 잊고 저 살기 바쁜 경우가 허다하지 않던가.

G가 이 동네의 토박이로서 모친과 함께 창피를 무릅쓰고 온몸으로 부딪치며 살아갈 때 나는 뭘 하고 있었던 걸까.

S도 나와 비슷한 생각에 잠겨 있는 모양이다. S의 눈동자가 먼 곳을 헤매고 있다. 그러고 보니 우리 셋은 막상 서로의 개인사에 대해 알고 있는 것이 별로 없다. 얘기할 필요가 없는 건지 얘기하고 싶지 않은 것인지 아니 둘 다였는지.

어쩌면 얘기를 하려면 그 시작이랑 원인부터 설명하기가 귀찮아서였을까. 헬스클럽에서 같이 운동하고 닭집에서 맥주를 마시는 행위는 목울대까지 차오르는 답답함을 견디기 위한 것인지도 모른다. 그렇게 힘차게 뛰고 마심으로써 가슴 속 뜨거운 열기를 땀으로 흘려 버리고 차가운 맥주로 덮은 것이었을까.

그동안 셋이 만났을 때 주로 무슨 얘기를 했던 걸까. 그다지 생각나지 않는 걸 보니 별로 중요하지 않은, 해도 그만 안

해도 그만인 말과 들어도 그만, 잊어도 아쉬울 것 없는 시답잖은 얘기였던 모양이다. 그러면서도 사계절을 함께 보낸다는 게 쉬운 일은 아니니 서로가 잘 맞았나 보다. 뒤돌아보니 우리는 운동이 끝나고 늘 밤에 만난 사이였다. 그러다 보니 식사 한 끼, 커피 한 잔이 아니라 늘 튀긴 닭과 생맥주가 곁들여져 살짝 취기가 도는 알딸딸한 만남이었다.

G가 닭집 문을 닫고 다음 날 다시 문을 열기까지. 또 S가 집에 가서 다음 날 검침원으로 일하고 헬스클럽에 오기까지, 나나 저들은 그 시간에 대해서는 거의 말이 없다. 사실 여자들의 인간관계에서는 은근히 쿨한 사이가 오래간다고 한다. 서로 미주알고주알 다 알려고 하면 그 또한 피곤한 일이다. 어찌 보면 굳이 여자끼리만 그런 건 아니다. 이성 간에도 너무 다 알려고 하면 지치지 않겠나 말이다.

가끔은 G뿐만 아니라 S에게서도 무슨 안 좋은 일이 있는 것만 같은 묘한 날들이 있었다. 그럼에도 굳이 묻지 않은 건 내가 그런 걸 묻는 순간 다음엔 저들의 물음에 내가 대답해야 할 일이 성가셔서였다. 사실 좋은 일은 얼굴에 다 나타나고 물어도 크게 미안하지 않다. 기쁜 일은 나누면 배가 되고 슬픈 일을 함께 하면 반으로 준다는 말은 실제로 그렇지 않았다. 기쁜 일은 그저 그 크기로 남되 슬픈 일을 알렸을 땐 나만 더 큰 고통의 땅굴로 떨어졌을 뿐 다른 누가 나를 꺼내 주지는 않았다. 그건 그저 나 혼자 감수해야 할 일이었다.

슬슬 영업 준비를 하려는 G를 보며 S와 나는 집에 가려고 커피 잔을 그러모으고 있었다.

오늘이 첫날밤이네.

G가 덤덤하게 말했다.

그 인형 말이야. 결혼하고 첫날밤. 굳이 결혼식이 아니더라도 그 영감은 도대체 평생 새로운 상대와 시작하는 첫날밤이 몇 번이나 될까. 생각만 해도 징그럽다.

그 말에 나는 몸서리가 쳐졌다.

라스베이거스를 떠나며

K는 십 분 정도 미리 나왔다. 지정된 약속 시간이 다가올수록 마음속에선 갈등이 요동치고 있었다. 과연 제대로 된 판단인지, 후회하지는 않을지, 서울을 떠날 때의 갈등과는 비교도 되지 않았다. 미라지 호텔 앞의 나이아가라폭포를 본뜬 대형 폭포 앞에 바싹 다가서니 간간이 물방울이 튀어 머리카락이 습해졌다.

K는 지은 죄가 있어서인지 주변을 둘러볼 마음의 여유 따위는 생기지 않았다. 그저 혼날 차례를 기다리는 아이의 심정이 되어 어서 매를 맞고 마무리 짓고 싶은 생각뿐이었다.

"김진수씨!"

등 뒤에서 십여 명이 동시에 부르는 소리가 들렸다. K가 고개를 돌리자 가이드가 봉긋한 붉은 장미 꽃다발을 내민다. K를 둥글게 둘러싼 사람들이 동시에 박수를 쳤다.

"반갑습니다."

"환영합니다."

저마다 한마디씩 한다. K는 몸 둘 바를 모르겠다. 그저 고개를 조아리기만 했다. 교직에서 정년퇴직했다는 최선생이 K의 어깨를 두드려 주었다. 다 이해한다는 표정이었다. K는 잘못을 인정하면서도 마음 한구석에서는 흠, 뭔가 꼰대질이 하고 싶어졌나, 라는 생각에 속이 꼬이기 시작했다. 그러나 최선생은 그뿐 별다른 말은 없었다.

이 패키지여행에 혼자 온 사람은 K와 최선생뿐이었다. 그렇다면 최선생도 일인용 객실요금을 추가로 낸 모양이다. K는 인생의 마지막을 장식할 시기일지 몰라 모처럼 여행비용에 객기를 부렸지만 최선생 같은 경우엔 부자라기보다는 필시 엄청 예민하고 까다로운 사람일 것만 같았다. K가 누굴 비판할 입장은 분명 아니지만 말이다.

기내에서 창가에 앉은 최선생과 나란히 앉게 된 K는 행여 최선생이 긴 말을 늘어놓을까 싶어 처음부터 자는 척하려고 했다. 막상 자리 정비가 되자마자 최선생이 먼저 승무원에게 담요를 요청하더니 이내 눈을 감아 버렸다. 네 시간 정도가 지나서 승무원이 닭고기 카레와 쇠고기 카레를 선별해서 주문을 받기 시작했다. K는 나란히 앉은 최선생을 깨워야 할 지 망설이고 있었다. 승무원이 점점 다가와 K 옆에 서자 최선생은 언제 잤냐는 듯이 담요를 제치더니 쇠고기 카레에 와인 한 잔까지 주문했다. K는 자는 척하던 최선생이 얄미웠다. 더구나 다른 일행처럼 간단히 '비프'나 '치킨'이라고 하는 게 아니라 길게 주문하는 꼬라지가 그저 꼴 보기 싫었던 것이다. 최선생의 발음은 누가 들어도 원어민의 발음은 아니지만 비교적 많이 배운 사람이 정확한 문법을 구사하는 모양새였던 것이다. 아무튼 최대한 빨리 이 일행에서 벗어나고 싶었다.

미국 서부지역만 도는 이 여행의 일행은 LA를 거치지 않고 곧장 라스베이거스 공항으로 왔다. 일행이 탄 전세 관광버스에서 가이드는 내일의 일정을 설명했다. 가이드는 호텔 로비에서 착오 없이 방 키를 나누어 주었다. 방 배정이 끝나자 내일 오전 6시부터 식사를 하고 7시에 로비에서 만나기로 했다.

K는 내일 아침 그 시간에 로비에 가지 않는다면 어떤 상황이 벌어질지에 대해 생각하느라 밤새 잠이 오지 않았다. 여행 일정이 시간 단위로 빽빽하게 정해져 있는데 K를 기다리느라 다른 사람들의 일정에 차질이 생기게 할 수는 없었다.

K는 호텔 메모지에 글을 썼다. 가이드에게, 이틀간의 여행 일정에 자신이 빠지겠다는 것과 일행이 삼일 째 되는 날 어차피 미라지 호텔에 투숙할 예정이니 그때까지는 호텔 앞 나이아가라 폭포 앞으로 나가겠다고 했다. 미리 말하지 못한 점, 통화가 아닌 메시지로 전하는 점에 대해 거듭 사과의 글을 쓴 다음 휴대폰으로 찍어 7시 10분전에 가이드에게 전송했다.

K가 가장 강조한 점은 반드시-도망가지 않고- 돌아온다는 것이었지만 사실은 K 스스로도 확신은 없었다. 어떻게 될지 어떻게 해야 할지 그저 알 수 없을 뿐이었다. 다만 이틀간의 시간을 벌고 싶은 생각이었다. 일단 메시지를 보냈으니

가이드는 어쨌든 일행을 이끌고 여행 일정을 마치고 올 수밖에 없을 것이다. K가 만약 폭포 앞으로 나가지 않는다면 가이드는 그제서야 조치를 취하지 지금 어쩌지는 않을 것이라고 생각했다.

여태껏 모든 공적 규칙을 반듯하게 지키고 살아온 K가 이런 비열한 일을 벌인다고는 꿈에도 생각할 수 없는 일이었다. 그만큼 K의 일생에서 뭔가 나사가 빠진 시점이 아닌가 싶었다.

K는 호텔 맞은편에 있는 베이커리의 유리문을 통해 일행이 전세 버스를 타고 떠나는 걸 확인했다. K는 얇은 면으로 된 야구 모자를 쓰고 캐리어를 끌고 밖으로 나와 무작정 걷기 시작했다. 오 분도 지나지 않아 캐리어가 거추장스러워지기 시작했다.

눈앞에 별 모양이 장식된 스타호텔의 로비에 들어가 잠시 소파에 앉았다. 이 호텔은 생각보다 규모가 작았다. 이곳 대부분의 호텔들은 입구부터 워낙 고급스러워 가까이 가기가 어려웠지만 이 호텔은 서울의 중저가 호텔 같은 소박한 분위기가 느껴졌다. 그저 잠시 쉬었다 가고자 했을 뿐인데 너무도 친절하게 인포메이션 데스크에 서 있던 직원이 다가와 뭘 도와줄 게 있냐고 물었다.

K는 순간적으로 당황했지만 캐리어를 잠시 맡기고 싶다고 영어로 말하고는 스스로도 대견하다고 생각했다. 달랑 번호표 하나를 받고 나자 K는 날아갈 것만 같았다. 유리문의 PUSH 언저리를 손바닥으로 힘차게 밀고 나와 곧장 눈에 익은 버거킹으로 들어갔다.

여기까지 와서 기껏 버거킹인가 싶었지만 낯선 곳에서 조마조마 하느니 익숙한 곳이 나을 것 같았다. 서울과 같은 버거킹인데 왠지 패티의 맛이 훨씬 고급스러운 건 기분 탓일지도 모른다. 커피 한 잔을 마시면서 겨우 주변을 둘러보게 되었다. 어렵게 저지른 어리석은 행동에 뭐 하나라도 건질 만할 거라도 있어야 되지 않을까 싶었다. 어찌 보면 어젯밤에 죽지 않은 것만도 감사해야 할 지경이기도 했다. 어쩌다 여기까지 왔는지 비통했지만 어쨌든 벌려 놓은 이틀간의 시간을 알차게 최대한 활용해 봐야 했다.

사실 K의 이번 여행은 너무 갑작스런 결정이었다. 지금 이럴 때가 아니지 않은가 말이다. 그럼에도 이렇게라도 하지 않았다면 이미 한강물에 뛰어들었을지도 모른다. 차라리 뜬금없이 먼 곳에서 모든 것을 바닥까지 잃고 나면 뭔가 새로 시작할 수도 있지 않을까, 라는 허무맹랑한 생각을 한 건 아니었을까. 지난주 분식점의 창가에 앉아 돈가스를 먹다가 고개를 들었을 때 길 건너에 마주 보이던 여행사의 '특가'라고 적힌 빨간 깃발을 보지 못했다면 지금 이 자리에 있지 않았을 것이다. 그날로부터 떠날 수 있는 가장 빠른 날짜가 미국이 아니라 인도나 이집트였어도 무작정 갔을 것이다. 죽기 위해 온 것이 아닌 살기 위해 왔음을 스스로 재차 확인했다.

그럼에도 그동안 같이 일했던 알바생에게 이달 말까지 연락이 없으면 K의 집으로 편지를 부쳐 달라고 봉투를 맡긴 건 뭐란 말인가. 병을 고치기 위해 수술을 잘 끝낸 뒤 병원 앞에서 교통사고로 즉사한 것과 같은 일이 가끔은 있다. 사람 일은 아무도 앞일을 예측 할 수 없다. 죽고자 하던 이가 살고 살려고 발버둥 치던 이가 죽기도 하지 않던가 말이다.

K는 지금 자신이 어떤 상태인지 판단이 서지 않았다. 이럴 때 누가 툭 치면 억울해서 죽을 거 같고 넘어진 K에게 손을 내밀면 고마워서 살 거 같기도 했다.

K는 주눅이 들어 바닥만 보며 걷다가 이럴 때가 아니지 싶어 고개를 들었다. 자칫 이상한 사람들의 시선에 잡히면 곤란하지 않겠나 말이다. 멀리 앞을 바라보니 비교적 높은 건물 옥상엔 죄다 사각형의 프레임이, 온통 카지노 호텔의 광고로 덮여 있었다.

이곳이 유흥의 도시라고만 생각했는데 의외로 가족단위의 여행객이 많이 눈에 띄었다. 아이를 어깨에 목마 태운 젊은 아빠 옆에는 대부분 쇼핑백을 들고 있는, 아내로 보이는 이가 함께하고 있었다. 도박만을 생각했던 것과 달리 쇼핑과 먹을거리가 제법 많은 사람들을 불러 모으는 모양이었다. 예의 중국인들의 큰 목소리도 울려 퍼지고 있었다. 그저 걷다 보니 주변이 한산해지는 것 같았다. 외곽보다는 중심가가 안전할 것 같아 다시 번화가 쪽으로 발걸음을 돌렸다.

날이 어두워지니 대낮과는 또 다른 분위기였다. 낮에는 각 건물에 갈색 뱀처럼 지저분하게 휘감고 있던 전선들이 오색빛을 발하기 시작했다. 사막을 컨셉으로 삼은 호텔은 오아시스와 낙타를 배경으로 조명에 얼마나 돈을 쏟아부은 것인지 단순한 전구가 아닌 빛나는 보석으로 휘감은 것만 같았다. 햇빛 아래에서 맥을 못 추던 건물 위의 대형 화면에선 어둠을 바탕에 깔고 주로 흑인 가수들이 현란한 춤을 추며 입만 벙긋거리는 것 같았다.

또 다른 건물의 대형 화면에는 한때 영국 왕세자의 구애를 받기도 했다던 브리트니 스피어스가 머리카락을 바람에 휘날리며 열정적인 춤으로 밤을 현란하게 물들이고 있었다. 브리트니처럼 비참한 나락으로 떨어져 봤던 이의 재기는 더욱 빛을 발하는 모양이다. K는 그것도 재능이라고 생각했다. 바닥을 치고 오르는 게 누구나 다 가능한 건 아니니까 말이다.

K는 술을 그다지 즐기는 성격은 아니었지만 오늘 같은 날은 좀 마셔야 될 것 같았다. K가 어딜 가든 너무 고급스럽거나 화려한 곳은 태생적으로 온 몸이 거부했다. 그렇다고 싸구려 인생은 아니었다. K는 적정치의 눈높이에 맞춰 부담 없을 만한 곳을 본능적으로 잘 찾아냈다.

K가 동굴 같은 그 가게로 발을 디딘 것은 순전히 그 고양이 손 때문이었다. K는 평소에 어두침침한 곳을 별로 좋아하지 않았다. 대학 때의 동아리 방이 지하에 있어서 늘 어둑하고 여름, 특히 장마 때면 곰팡이 냄새가 나서 들어갈 수가 없었던

단 한가지의 기억만으로 기피하기에 충분했다. K가 홀가분한 몸으로 티나지 않게 두리번거리며 어슬렁거릴 때였다. 오른쪽엔 도로 왼쪽엔 상가가 늘어서 있었다. 눈앞에 어린아이 서너 명이 일행인 듯 풍선을 들고 우왕좌왕 뛰고 있었다. K는 평소에 노인보다는 어디로 튈지 모르는 어린아이가 더 위험하다고 생각했다. K의 앞쪽에서 한 아이가 멈춰서더니 제자리 뛰기를 했다. 곧 그 옆에 있던 아이도 발뒤꿈치를 들더니 펄쩍 뛰었다. 아이의 엄마가 뒤에서 아이를 두 팔로 안아 주었다. K가 다가가 보니 아이들이 뛰던 자리에 흰 바탕에 붉은 목도리를 맨 고양이 인형이 오른쪽 손을 까딱거리고 있었다. K는 낯설지 않았다. 종로나 홍대 입구에 가면 흔히 볼 수 있는 이자카야의 문 앞에 놓여 있던 인형이었다. K는 익숙하게 나무문을 밀었다. K는 순간 어두컴컴한 동굴에 들어선 줄 알았다. 극장 안처럼 앞이 잘 보이지 않았다. K는 잠시 숨을 골랐다.

어둠에 눈이 적응하도록 천천히 걸어가던 K는 여러 명이 먹고 마시는 탁자를 지나 한곳에 시선이 갔다.

동굴같이 어두운 속, 깊숙이 들어앉아 혼자 술을 마시던 여

자. 그녀는 P라고 했다. 한국인들은 어디를 가도 티가 났다. K가 그렇게 말하자 P는 불쾌한 표정이었다. P는 자신이 엄연한 미국인이라고 했다. '엄연한'이라는 어려운 말을 쓰는 걸 보니 뼛속 깊이 한국인인 것 같다는 K의 말에 P는 발끈했다.

P가 차츰 취해 가는 모양이다. P의 눈동자에서 힘이 빠진다. P가 테이블에 양팔을 올리더니 그 위에 왼뺨을 내려놓고 저는요, 라고 말을 뱉자 K는 살짝 긴장되기 시작했다. 괜히 잘못 얽혀드는 건 아닌지 걱정이 되기도 했다. K의 코가 석 잔데 누구 신세한탄이나 들어줄 처지가 아니었다. 그래도 일단은 들어보기로 했다.

모든 말에는 순서가 있기 마련이다. 본인이 누군지부터 시작하면 훨씬 편할뿐더러 뭐하는 사람이라는 설명이 덧붙여지면 상대가 이해하기 쉽지 않겠나, 말이다. 그런데 이 P라는 여자는 서두가 없다. 그저 아무 말이나 막 섞어서 두서없이 늘어놓는 바람에 K는 집중하지 않으면 뭔 소린지 알아들을 수가 없었다. 그러다 보니 질문을 해야 하는데 K의 성격상 질문하기가 좀 귀찮아지기 시작했다.

그냥 이쯤에서 끊고 일어설까 할 즈음 쇼핑백, 돈, 이라는 소리에 귀가 번쩍 뜨였다. 그러고 보니 P의 왼쪽 무릎 아래에 검은색 쇼핑백이 꼿꼿하게 서 있었다. K는 대놓고 볼 수가 없어서 P가 유리잔을 든 사이에 흘깃 내려다보니 베이지색 카디건이 쇼핑백 입구를 덮고 있었다. 그때부터 K는 P를 유심히 살펴보기 시작했다. P의 정체가 무엇인지 궁금해진 것이다. P의 왼손 중지에는 뽀얀 진주 반지가 흰 손을 더욱 희게 했다. 유리잔을 쥔 오른손 새끼손가락엔 팥알만 한 빨간색 알반지가 앙증맞게 빛나고 있었다. 그것만 보고선 종잡을 수 없었다. P의 신분을 구체적으로 나타낼 만한 결정적인 무언가는 눈에 띄지 않았다. 다만 왼쪽 귓불에 앙증맞은 별 모양의 문신 세 개가 새겨진 걸로 봐서 조신한 여자는 아닐 거라고 막연히 생각했다. 하긴 요즘엔 서울의 곳곳에서 저 정도의 문신은 쉽게 볼 수 있기도 했다.

K는 깜짝 놀랐다. 눈을 뜨자 코앞에 P가 눈을 동그랗게 뜨고 내려다보고 있었기 때문이다. K는 분명 아무 짓도 하지 않았음에도 뭔가 나쁜 짓을 한 것처럼 거북했다. 오히려 P는 너무도 자연스런 태도였다. 자칫 보기에 따라선 P를 노는 여자

로 오해할 정도였다. 그럼에도 P는 그런 여자로 볼 수 없는 적당한 품위 같은 게 있었다.

그러고 보니 K는 어젯밤의 일들이 모호했다. K는 P가 술을 많이 마시기에 취할 것 같아 은근히 걱정했는데 이제 와 보니 K가 곯아떨어진 모양이다. 갑자기 P가 슬쩍 무섭다는 생각이 들었다. 무슨 말을 꺼내야 할지 망설이는 K의 눈동자가 흔들렸나 보다. P가 대뜸 밥 먹으러 가자고 했다. 그렇다. 이럴 땐 뭔가 먹는 게 좋을 것 같았다.

키가 별로 크지 않은데도 보폭을 넓게 잡고 성큼성큼 나서는 P의 뒤를 K는 강아지처럼 졸졸 따라 나갔다. 엘리베이터를 타고 1층에서 내리자 갑자기 넓어진 공간이 K를 위축시켰다. P는 자기 집 안마당인 양 익숙한 걸음걸이로 앞서 걸었다. 각양각색의 사람들이 비껴갔다. 그 누구도 관심의 눈길을 보내지 않아 K는 차츰 불안했던 마음이 가라앉았다. 잡화로 이루어진 여러 상점을 지나자 식당 코너가 줄지어 나타났다. 중국 식당과 이탈리아 식당에 이어 뷔페식당에 이르자 P는 K에게 묻지도 않고 들어갔다. P는 중간의 딱딱한 테이블과 의자를 지나쳐 안쪽 깊숙이 자리 잡은 둥근 가죽 소파로 가서 털썩 앉아 버렸다.

뷔페식당은 바깥에 있던 각국의 식당을 합쳐 놓은 듯 했다. K가 주로 일식 코너를 이용하는데 비해 P는 한식 코너의 제육볶음과 잡채를 유난히 좋아하는 것 같았다. K가 후식으로 단팥죽을 먹는 걸 보고 P는 여태껏 단팥죽을 먹는 남자는 처음 본다고 했다. K는 그런 건 별로 중요하지 않다고 생각했다. 단팥죽이나 아이스크림이나 그게 뭐 대수롭단 말인가.

긴 쇼핑 타운의 연속이었다. 천정을 올려다보니 거기 하늘이 있었다. 여긴 분명 지하 쇼핑 타운이다. 그럼에도 천정은 진짜 하늘 같았다. 유럽의 미술관 천정에나 있을 듯한 파란 바탕에 흰 구름이 적당히 자연스럽게 어우러져 있는. 지하라는 생각이 전혀 들지 않았다.

가도 가도 끝없이 연결되어 있는 공간은 전혀 지루하지 않았다. 주변은 온통 연한 하늘색 계열이 주를 이룬 가운데 흰색과 아이보리, 베이지의 혼합이었다. 간간이 포인트는 금색이랄까. 역시 금색을 볼 때마다 여기가 카지노의 본향임을 새삼 깨달았다. 같은 금색이라도 중국인들이 선호하는 샛노란

황금색이 아닌, 크림색이 살짝 섞인 금색이어서 우아한 멋이 있었다. 쉬지 않고 걷는 와중에 그 어느 곳에도 시계는 보이지 않았다. 역시 환락과 소비를 유발시키는 곳엔 시간이 방해가 될 뿐일 것이다.

그러고 보니 좋지 않은 곳엔 모두 시계가 없는 것 같다. 그렇다면 종교 시설인 교회와 절도 역시 좋지 않은 곳이란 말인가. P가 걸음을 멈췄다. 주로 유화를 판매하는 곳이었다. P가 골똘히 바라보는 사각의 프레임 안은 미래의 다른 행성에 막 내린 듯한 공간이다. 진한 네이비의 공간에 은색으로 반짝이는 화장대가 놓여 있고 거울에 비친 여자는 닭벼슬 같은 머리 모양을 한 채 입술 양옆에 진주를 꽂고 있다. 여자의 눈동자는 무지갯빛이다. 그림의 바탕엔 조개껍질이 간간이 붙어 있다. 초현실적인 분위기다.

시대가 변해도 여자들은 늘 심심하지 않을 것 같다. 온갖 치장할 것만 생각해도 늘 차고 넘치지 않던가. 그리고 보면 남자들은 예로부터 늘 한결같다. 꾸밈에 있어서 달리 뭔가를 그다지 한 것 같지 않다. 알몸을 나뭇잎으로 가리다가 가죽으로 소재가 바뀌더니 점차 다양한 패브릭으로 충실하게 변해 왔을 뿐이다. 반면 여자들은 옷의 기능 이외에도 다양한 액세서리로 욕구 불만을 해소하지 않던가.

P는 그 작품을 계속 보다가 그냥 나오기가 아쉬운지 손바닥만 한 엽서 크기의 탁상용 그림 한 점을 샀다. 얼핏 보니 적지 않은 돈을 건네는 것 같았다. 그림을 자세히 보려고 고개를 들이밀자 P가 얼른 액자를 뒤집었다. 액자가 든 작은 쇼핑백을 손수건처럼 팔랑거리며 P는 가게를 나섰다. 그 끝이 어딘지 알지 못한 채 K도 따라나섰다.

십 분쯤 걸었을까, P가 휙 몸을 돌렸다. 상가의 끝까지 가보려고 했는데 의미 없는 게임 같다고 했다. 다시 왔던 길을 되돌아가기 시작했다. 왔던 길인데도 처음 가는 길처럼 낯설었다. 지금까지 뭘 보면서 걸어왔는지 모를 지경이었다. 이토록 생소한 게 뭐에 홀린 기분이었다.

한참을 걷다가 지쳐 갈 무렵 P는 '비너스의 탄생'에서 비너스가 올라서 있는 거대한 조개껍질같이 생긴 황금색 카지노 입구로 구름에 묻히듯 들어갔다. K는 얼떨떨해서 잠시 멈춰 섰다. 앞서가던 P가 뒤를 돌아보았다. K는 말없이 따라 들어갔다. P는 무심한 듯 능숙하게 카지노의 공간에 스며들었다.

주변을 둘러보곤 이내 주눅이 든 K는 P의 발뒤꿈치만 보며 걷게 되었다. 발밑에 펼쳐진 고급스런 카펫을 걷는 것조차 K는 황송한 느낌이었다.

여기저기 기웃거리던 P는 나뭇가지가 무성한 화면 앞으로 K를 앉으라고 했다. 화면 맨 위에는 'Money Tree'라고 쓰여 있었다. P가 시키는 대로 K는 투입구에 100달러를 넣었다. 곧 중국풍의 음악 소리가 나더니 나뭇가지가 서서히 흔들리기 시작했다. 음악의 리듬과 강약에 관계없이 나뭇가지에서 동전이 낙엽처럼 떨어져 내렸다. 소리는 '우수수'인데 화면엔 겨우 18달러였다. 1분도 안돼서 82달러가 사라졌다. 아쉬움에 스위치를 한 번 더 누르자 잠시 나뭇가지가 부르르 떨더니 이내 조용해졌다. K는 쫄아서 더 이상 하고 싶지 않았다.

K는 고개를 돌려 옆자리의 P를 보았다. P 앞의 화면에서 나뭇가지가 계속 흔들리며 돈을 떨어뜨리고 있었다. K는 일명 돈 나무의 센서에 분명 돈 냄새를 맡는 장치가 있는 것 같았다. 돈 없는 K에겐 재빨리 털고 일어나게 유도하고 검은 쇼핑백을 앞에 두고 앉아 있는 P에게선 센서가 돈 냄새를 맡고 더 많은 돈을 끌어내기 위해 마중물 돈을 적당히 부어 주는

게 아닌가 싶었다.

뭔가 차별당한 기분이다. 기계로부터의 차별은 사람 못지 않게 불쾌했다. P의 화면에 쌓여 가는 달러를 K는 시큰둥하게 바라보았다. 혼자 신이 나서 히히덕거리던 P는 겨우 눈치를 채고 K를 그 자리에 앉혔다. K가 시작하자마자 그동안 쌓였던 P의 달러는 모래시계처럼 빠져나가기 시작했다. K는 당황했다. 이건 비단 쇼핑백의 문제가 아니었다. 그렇다면 저 센서는 개인의 지갑 속까지 꿰고 있단 말인가. K가 어쩔 줄 몰라 우왕좌왕하다 보니 결국 'Money Tree'의 잔액은 0이 되고 말았다. K가 사과하자 P는 그저 웃고 말았다. P는 기계에 돈을 넣는 순간 이미 남의 돈이라고 했다. K는 역시 돈복이 없는 놈은 기계조차도 알아보나 싶어 더욱 주눅이 들었다.

K가 운영하는 남성복 쇼핑몰의 매출은 반년쯤 전부터 줄어들기 시작했다. 10평의 오피스텔에서 합숙하며 사진을 찍어 주던 알바생도 결국 내보내야 했다. 얼마 되지 않는 주문건수를 위해 샘플 옷을 구입하는 일이 점차 빚이 되어 쌓이기 시작했다. 매출이 제법 있을 땐 샘플정도는 사진을 찍고 되돌

려 주는 일이 가능했었다. 궁색해지며 직원도 없이 혼자서 모든 역할을 하다 보니 이내 자본금 없는 영세업자임이 드러났고 거래처에서 차츰 꺼리는 티를 냈다. 얼굴 두꺼운 것도 하루 이틀이지 동대문 새벽시장을 거닐기가 점차 괴로워지기 시작했다. 푼돈으로 적은 물품을 구입해야 하는 일이 은근히 스트레스였다. 보통은 사이즈별로 사던 품목도 점차 M사이즈 하나로 고정되다시피 했다.

일을 접는 건 시간문제였다. 도매시장이 바쁜 시간에 물건을 떼는 것도 눈치가 보여 한가한 시간에 나간 어느 날이었다. K가 형이라고 불렀던 한 거래처의 사장이 잠깐 쉬었다 가라고 했다. 박카스 한 병을 건네며 그 형이 어두운 표정으로 말했다. 그동안 K 같은 많은 영세업자들을 봐왔다고 했다. 그들 중 겨우 몇 %가 살아남을까. K의 상황은 내리막길이며 결국 끝이 보이지 않냐. 더 끌어 봤자 빚만 늘어갈 뿐 여기서 멈추는 게 낫다고 했다. 그나마 개인적으로 동생 같아서 하는 말이니 기분 상해하지는 말라고 덧붙였다. 돌아서서 나오는 K는 복도에 쌓여 출고를 기다리는 옷더미 속에 얼굴을 처박고 싶었다.

폐업신고에 이어 오피스텔도 정리했다. 알바생이 머문다는 노량진 고시원을 찾아갔다. K가 살던 오피스텔의 $\frac{1}{3}$ 정도의 공간이었다. 언제든지 입주가 가능하다고 했다. 그런데 여기 들어온 다음엔 무엇을 한단 말인가. 알바생에게 우선 밥부터 먹고 결정하자고 했다. 주방에 라면과 김치, 밥은 기본으로 있다고 했지만 K는 평소에 알바생이 좋아하던 돈가스를 사 주겠다고 했다.

고시원 건물 주위는 온통 낡아 빠진 모텔이 둘러싸고 있었다. 큰길로 나가 간판이 조악한 왕돈가스집 유리문을 열었다. 촌스러운 인테리어가 맛은 상관없이 양은 많을 것 같은 분위기였다. 하긴 지금 맛을 따질 때가 아니었다. 요즘은 뭘 먹어도 식당을 나오고 나면 맛이 생각나지 않았다. 그러고 보니 배가 고픈 적도 없었다. 그저 습관적으로 때가 되면 먹을 뿐이었다.

K는 그저 막연히 P가 부유한 사람 같았다. 카지노에서 여유 있게 즐기는 P의 태도에서 부자들의 '느림'이 보였기 때문이다. 늘 뭔가에 쫓겨 온 K는 말이나 행동조차도 점차 빨라진

것 같았다. 대화 중에도 상대방이 조금이라도 생각하는 순간이면 K가 그 틈을 견디지 못하고 비집고 들어갔다. P의 말과 행동을 보며 K는 천천히 심호흡을 했다.

P는 아버지가 한국 기업의 LA 지사에서 근무할 때 태어났던 자신의 운명이 결국 미국을 저버리지 못하고 엮여 버렸다고 했다. 정작 P의 부모는 미국에 아무런 미련 없이 한국으로 돌아가 퇴직 후의 노년을 여유롭게 보내고 있었다. P는 미국 시민권자로 태어났지만 서울에서 살다가 고 1때 LA로 돌아오게 되었다. 서울에서 가끔 찾아오는 P의 어머닌 그저 손님 같았다.

P는 외로움에 한인교회를 찾았지만 뉘 집 딸, 뉘 집 아들, 하며 부와 인맥을 자랑하는 사람들이 설쳐 대는 분위기에서 부유하는 떠돌이로 기웃거리다가 떠밀려 나오고 말았다. 어울릴 친구 대신 '임금님 귀는 당나귀 귀'를 외치기 위해서 가던 성당도 그만두고 말았다.

P는 정해진 제 할 일만 마치면 바로 퇴근인 현지 미국인 업체보다는 업무 범위가 불분명해서 좀 열악하긴 해도 한인 타운의 골프샵이 일하기에 편하다고 했다. 하루 종일 영어로만

얘기한 날과 한국어로 얘기한 날은 다음날 아침에 피로도가 완전히 다르다고 했다. 그래서 모국어라는 말이 있나 보다며 P는 희미하게 웃었다. '모국어' 하면 왠지 '모유'가 생각난다며. P는 한국이었다면 가족과 친구가 있어 외롭지 않았을 거라고 했다.

K는 고개를 내저었다. 지금 한국에서는 가족과 친구가 있어도 1인 가족이 늘어나고 외로움은 넘쳐난다고 했다. 그러는 K는 정작 자신은 왜 이곳까지 떠밀려 왔는지 모르겠다. 갖고 있던 몇 천 달러의 전 재산을 카지노에서 배팅해보고 말리라는 생각이 불과 100달러를 넣어 보고는 쫄아버린 자신의 스케일에 스스로 실망하고 말았다.

K와 P는 잠시 말이 없었다. 아무리 생각해 봐도 K가 생각한 라스베이거스의 카지노에서 잭팟을 터트린다는 건 예전의 어느 탤런트 부부에게서나 있을 법한 헛꿈이었다. 더구나 K가 알던 잭팟은 한 번 터지면 황금동전이 우르르 소리를 내며 기계 밖으로 쏟아져 쌓이는 것이었다. 하지만 지금 K의 눈앞에 있는 기계는 화면으로 수치를 알려 줄 뿐이다. 그저 수치가 오르락내리락 하며 결과가 영수증에 찍히는 시스템은 별

묘미가 없는 것 같았다. 하긴 따 보질 못했으니 무슨 묘미 따위가 있기나 하겠냐마는. K의 쪼잔한 틀을 확인만 한 셈이었다. 이제 어떻게 해야 할지 다음이 문제였다. K는 헛꿈이라도 꾸고 왔다지만 P는 라스베이거스에 왜 왔는지 모르겠다.

P의 여유는 어디에서 나오는 걸까. P의 골프샵엔 부자들만 온다더니 그들을 상대하다 보면 분위기도 닮아가는 것인가. P와 몇 번의 식사를 같이 했을 뿐인데도 K는 뭔가 한층 고급스러워진 것 같았다. P가 주문할 때의 태도는 주문받는 이가 굽실거리게 하는 카리스마가 느껴졌다. 그걸 봐서라도 K는 이 미국이라는 곳에 적응하지 못할 것 같다. 종족을 떠나서, 미국인들은 영어를 완벽하게 구사하지 못하는 인간은 무시하는 법이라도 있는가 보다. K가 줄곧 느낀 비굴함이 이 영어에서 왔다는 걸 P의 주문 방식을 보고 알게 되었다. K는 역시 조용히 귀국해서 바닥부터 다시 시작해야 할 것 같았다.

꺼두었던 K의 휴대폰을 켰을 때 가이드의 전화가 30여 통쯤 찍혀 있었다. K가 전화를 하자 가이드는 거의 울 것 같은 목소리였다. K의 가이드는 십년감수했을 것이다. 가이드가 제발, 제발을 거듭 말해서 K는 무슨 소린지 못 알아들을 정도였다. 사람하나 살리는 셈치고, 라는 가이드 말에 K는 피식 웃음이 나왔다. K가 누굴 죽이기라도 했단 말인가.

하긴 K가 정말 나쁜 짓을 한 게 맞는 것 같았다. 가이드 입장에선 심장이 벌렁벌렁 했을 것이다. K의 인생이 갈수록 궁지로 몰리다 보니 미처 남의 입장 같은 걸 놓치고 행동한 것이다. 달래 범죄인이겠나. 갈 때까지 가면, 더 이상 방법이 없으면, 남의 말 같던 범인이 되지 않던가.

여행사 일행과 함께 비행기에 올라 창밖을 내다보았다. 지상에서는 여느 공항과 다르지 않았다. 그러나 이륙해서 내려다봤을 때의 공항은 주변이 온통 사막으로 둘러싸여 우주의 어떤 행성 기지에 머물다 가는 것 같았다.

두더지도 아닌데, 지하에서만 천국 같았던, 스크린으로 본 것만 같은 장면들. 그곳에 분명 K가 머물었었는데 아닌 것 같은 그저 남의 얘기로 들은 것만 같은 이 느낌이 무엇인지 모르겠다. P조차 정말로 만났던 사람인지 얼굴이 생각나지 않았다.

기억을 처음부터 늘어놓아 보았다. 가이드와 합류하지 않은 시점부터 도망치듯 흘깃거리던 시간들, 그동안 P와 함께 있었던 공간과 장면들. 갑자기 실제로 있었던 일 같지가 않았다. P와 마지막에 어디서 어떻게 헤어졌는지 생각을 가다듬어 보았다. 아니 액자를 언제 받았는지를 정확히 헤아리면 될 것 같았다. 손에 남은 정확한 물증이 액자이지 않던가. 그런대도 액자 외에 정확하게 기억에 남은 건 불확실했다.

P의 얼굴, 목소리, 뒷모습. K의 성격상 사람들과 헤어질 때면 반드시 상대의 뒷모습을 보는 습관이 있다. 그런데 P의 뒷모습이 생각나지 않는다. 어디서였을까. K는 눈을 감고 생각했다.

"김진수씨!"

"김진수씨! 식사하세요."

누군가 K의 몸을 흔들었다. K는 깜짝 놀랐다. 그동안 잠이 들었었나 보다. 어느덧 창밖은 어두웠다.

K는 작은 쇼핑백의 스카치테이프를 뜯었다. 뽁뽁이로 둘둘 말린 액자를 꺼냈다. 역시 P는 선견지명이 있는가 보다. 우리는 각자의 살아갈 곳이 다를 수밖에 없다.

손바닥만 한 크기의 작품에는 참 많은 이야기를 담고 있다. 언뜻 보면 초등학교에서 두세 명이 마주 앉아 공동 작업을 한 것 같다. 일단 바탕 한가운데는 큰 강을 암시하며 사선으로 나뉘어 있다. 강은 초록과 청록의 은은히 반짝이는 스톤으로 표현되어 있다. 오른쪽엔 늑대가 왼쪽엔 목을 구십 도로 세운 노란 뱀이 마주 보고 있다. 늑대의 목덜미는 흑갈색 모피로 강조되었고 뱀의 몸피는 황금색 스팽글을 휘감고 있다. 잿빛 하늘엔 보라색 실크를 붙인 보름달이 어색하게 떠 있다. 이 작품을 고른 P도 나와 같은 생각을 했을까.

빨간 머리 삐아프

누군가 거칠게 초인종을 누른다. 고양이, 뭉치가 코끝으로 화숙의 왼쪽 뺨을 비벼댄다. 야광 벽시계를 보니 아직 문을 열기엔 한참 이른 시간이다. 그냥 무시하려고 옆으로 돌아누웠다. 초인종 소리가 그치지 않는다. 화숙은 할 수 없이 일어나 커튼을 슬쩍 들쳐 보았다.

삐아프였다.

문을 열자마자 삐아프가 화숙의 앞으로 고꾸라졌다. 무슨 물건 더미 같았다. 일단 삐아프를 안정시켜야 될 것 같다. 빨간 머리에 빨간 눈썹, 얼굴도 살짝 빨갛게 물이 든 것 같이 보였다. 아마 옷을 벗으면 그녀의 온몸도 붉을 것 같았다. 화숙은 미지근한 물 한 잔을 건네며 삐아프를 의자에 앉게 했다. 그녀는 뭔가 붉은 물에 잠겼다가 나온 사람같이 붉디붉었다. 화숙은 정신이 몽롱해서 냉장고 문을 열고 유리병의 먹다 남은 냉커피를 두어 모금 마셨다. 유리병을 든 채 고개를 돌려 보니 삐아프는 얼빠진 표정으로 허공을 바라보고 있었다.

이 새벽에 화숙을 깨워 놓고는 미안한 기색이 전혀 없어 보였다. 화숙은 슬며시 화가 났다. 비록 단골 고객에다 동갑이다 보니 친구처럼 지내자고는 했지만 기본적인 예의를 무시할 사이는 아니지 않나 말이다. 뭉치가 삐아프에게 바싹 다가가더니 그녀의 손등을 핥기 시작했다. 화숙은 그제야 뭔가 이상하다고 생각했다. 뭉치는 원래 삐아프를 싫어했다. 이제껏 그녀 곁에 가까이 간 적이 한 번도 없었다.

삐아프가 거의 구걸하다시피 뭉치의 환심을 사려고 온갖 애정 공세를 폈건만 장난감과 간식은 그때뿐 그걸로 인해 친밀해지는 효과는 전혀 없었다. 지금 뭉치의 행동은 삐아프를 위로하고 있는 듯 했다. 화숙은 정작 자신이 뭉치만도 못한 것 같았다. 이제 좀 기다려야 될 것 같았다. 평소 삐아프의 성품으로 봐서 그녀가 먼저 말을 꺼내야 했다.

화숙은 전기포트에 물을 끓였다. 물이 끓다가 '틱'하고 스위치가 꺼지는 소리에 삐아프와 화숙은 깜짝 놀라 서로 얼굴을 쳐다보았다. 평소 같으면 웃었을 삐아프가 지금은 웃지 않았다. 화숙은 심각한 상황임을 알 수 있었다.

공연이 끝나자마자 삐아프는 얼굴에 클렌징크림을 듬뿍 발랐다. 파운데이션의 진한 갈색이 티슈에 가득 묻었다. 이제 눈가와 입술을 집중해서 닦고 한 번 더 닦아 낼 참이었다. 두 번을 닦아 내도 눈썹은 여전히 빨갰다. 보통 이 정도의 크림 양이면 원래의 눈썹 색이 돌아왔을 터였다. 이번엔 눈썹에만 클렌징크림을 잔뜩 발라 닦아 보았다. 티슈에는 아무 색도 묻어나지 않았다. 눈썹은 그저 빨갰다. 그러고 보니 속눈썹도 빨갛다. 머리색은 그러려니 했는데 기분이 이상했다. 삐아프는 뒤풀이에 따라가지 않고 일단 집으로 돌아왔다.

우선 할 일은 씻는 일이었다. 역시 불길한 예상은 잘도 맞았다. 온 몸의 털이란 털은 모조리 붉은 색을 띈 채 아무리 씻어도 없어지지 않았다. 이건 분명 '헤나 염색방'의 화숙이 탓이다.

미용실 용품 도매상에서 구입해 쓰는 헤나는 너무 비쌌다. 화숙은 인터넷 직구 사이트를 뒤져, 보다 저렴한 헤나를 찾았다. 이집트 제품에는 갈색이 매진되어 흑색만 있었다. 겨우 인도에서 파는 흑색과 갈색 헤나를 찾아냈다. 화숙은 보름을 기다려 겨우 택배 박스를 받았다. 박스를 열었을 때 뽁뽁이 대신 누런 인도 신문지가 한 뭉텅이 구겨져 헤나제품의 완충제 역할을 하고 있었다. 화숙은 피식 웃음이 났다. 옛날, 어른들이 시골집 뒷간에서 신문지를 구겨 볼일을 봤다는 얘기가 생각난 것이다. 요즘 이렇게 누런 종이는 어디서든 찾아보기가 쉽지 않을 것이다.

분리수거를 하기 위해 구겨진 신문지를 반듯하게 펴는 것도 일이었다. 뭉치가 캣타워에서 화숙이가 잘하고 있는지 감시한다는 표정으로 거만하게 내려다보고 있었다. 신문지 하단에 필시 인도의 연예인일 것 같은 여자가 하얀 이를 빛내며 치약 광고를 하고 있다. 이상한 것은 누런 신문에서 유독 여자의 치아만이 도기처럼 빛나는 게 믿어지지 않았다. 여자의 옷이나 피부는 조악한 천연색인데 비해서 말이다.

라면 박스에 대충 펼친 신문지를 다 넣고 옆으로 밀어 놓으려는데 신문지의 꾸깃꾸깃한 귀퉁이에 새까만 들깨 크기의 동그란 것이 몇 알 눈에 띄었다. 씨앗인지 벌레 알인지 선뜻 구별되지 않았다. 분명 좋은 것은 아닐 거라고 생각은 하면서도 화숙은 호기심에 그 검은 알갱이를 기어코 손바닥에 얹고 말았다. 화숙은 세 개의 종이컵에 심어 놓은 다육이 옆에 검은 알갱이를 한 개씩 콕콕 밀어넣었다. 심으면서 혹시 벌레 알이면 저 종이컵에서 벌레가 기어 나오는 건 아닐까, 라고 잠시 생각했던 것 같다. 그리곤 그 일을 잊고 있었다.

화숙이 누룽지에 뜨거운 물을 부어 천천히 먹은 뒤 모닝커피를 마시고 있을 때였다. 뭉치가 소파에서 얇은 연두색 노끈 같은 걸 입에 물고 장난을 치고 있었다. 화숙이 다가가자 뺏으려는 줄 알고 뭉치는 재빨리 몸을 놀려 캣타워로 올라가 버렸다. 새끼손가락 길이만큼 끊어진 연두색 실 같은 게 소파에 남아 있었다. 화숙이 그 끈을 집어 올리자 끊어진 가장자리에서 새빨간 물이 핏물처럼 맺혀 있었다. 화숙은 대수롭지 않게 그것을 쓰레기통에 넣어 버렸다. 뭉치가 물고 간 나머지 끈은 캣타워에 늘어져 있었다.

다음날 화숙이 바닥 청소를 하는데 캣타워 밑에 깔린 동그란 회색 러그 위에 새빨간 점이 여러 개 핏물처럼 묻어 있었다. 위를 올려다보니 연두색 노끈이 길게 말라붙어 있었다. 그러고 보니 연두색 노끈은 어디서 난 것일까. 불현듯 검은 알갱이를 심었던 세 개의 종이컵이 생각났다. 염색방 문밖 양쪽으로 작은 화단에 율마가 다섯 개씩 줄지어 있고 그 사이 사이에 다육이를 심은 종이컵을 놓아두었었다. 문을 열고 나간 화숙은 깜짝 놀랐다.

뭉치가 가져온 연두색 노끈은 분명 저 중에 하나였다. 가장 높은 곳의 줄기는 가느다란 연두색 넝쿨 형태인데 그 아래쪽 줄기는 어느새 짙푸른 녹색을 띄고 굵어져 있었다. 종이컵은 언제 찢어졌는지 흙에 묻힌 한두 쪼가리만 보이고 다육이는 말라붙어 뭉치의 똥 같았다. 녹색 줄기는 심지어 염색방 가장자리 벽을 타고 간판을 거쳐 2층을 넘보고 있었다. 3층의 주인집까지 올라가면 할머니가 분명 잔소리를 할 것 같았다. 아예 줄기를 잘라야겠다고 생각한 화숙이 커터 칼을 들고나왔다.

화숙이 녹색 줄기를 잡으려고 손을 대는 순간 대나무처럼 딱딱해지며 짙푸른 잎사귀가 '샤샤샥' 소리를 내는 것 같았다. 왼손에 줄기를 잡고 오른손으로 커터 칼을 들이대자 생각과 달리 칼날이 들어가지 않았다. 줄기가 녹색이 되기 전, 연두색이었을 때 손을 봤어야 했나 보다. 초록색 줄기의 강도가 세서 마치 플라스틱 가짜 줄기 같았다. 커터 칼보다는 작은 톱이 마땅할 것 같았다. 그때 고객 두 명이 아는 척을 하며 오는 바람에 거기서 멈추고 말았다.

그날로부터 불과 일주일도 지나지 않아 주인 할머니가 찾아왔다. 평소에 자동 이체로 월세를 내는 데다 세입자를 배려한다는 할머니의 스타일은 얼굴을 마주치지 않는 게 철칙인 듯 만날 일이 거의 없던 터였다. 점심을 먹다 말고 화숙은 가슴이 철렁했다. 그제야 그 녹색 넝쿨이 생각난 것이다. 다행히 할머니의 표정이 나쁘지 않았다. 어쩐 일인지 묻기도 전에 할머니가 먼저 물었다. 밖에 있는 저 녹색 넝쿨이 어디서 왔냐고. 저 빨간 꽃이 어찌나 예쁘고 향이 좋은지, 라고 할 때 화숙은 놀랐다. 꽃이라고? 꽃은 미처 보지 못한 것이다. 아니, 어느새. 애매한 미소를 짓던 화숙은 할머니가 한참 뭐라고 얘기하는데도 무슨 말인지 하나도 귀에 들어오지 않았다. 어서 밖에 나가 꽃을 보고 싶었다. 할머니가 가고 나서야 화숙은 제정신이 돌아왔다. 할머니의 흡족한 미소에 화숙은 일단 안심했다.

할머니가 있을 땐 그림자도 비치지 않던 뭉치가 어느새 캣타워에서 화숙을 내려다보고 있었다. 그러고 보니 어디선가 복숭아향이 풍겨 오고 있었다. 캣타워 아래 회색 러그에 노란색 가루가 마치 카레 가루처럼 뿌려져 있었다. 연두색 잘린 넝쿨에서 떨어져 묻었던 빨간색이 아직도 선명하게 남아 있는데 그 위에 노란색 가루가 덧입혀진 것이다.

복숭아 향이 그 노란색 가루에서 나고 있었다. 노란색 가루 옆에 바람이 빠져서 쭈그러든 빨간 풍선 쪼가리 같은 게 있었다. 뭉치가 물고 온 모양이다. 그러고 보니 뭉치의 주둥이 가장자리가 빨갛다. 풍선 쪼가리 같은 게 꽃이고 노란 가루는 그 꽃술에서 떨어진 것 같았다. 며칠이 지나도 뭉치의 주둥이는 여전히 빨갛다. 러그에 묻은 붉은색은 여러 종류의 세제로 닦아 봐도 없어지지 않았다. 무릎을 꿇고 러그를 닦고 있는 화숙을 소용없다는 듯 내려다보는 뭉치의 무심한 표정을 보고 화숙은 더 이상 애쓰지 않았다.

시치미를 뚝 떼고 있는 뭉치는 뭔가 알고 있는 눈치였다. 그렇지만 결코 가르쳐 주지는 않겠다는 저 얄미운 표정이다. 화숙은 집중해서 생각했다. 저 식물에 대해 뭔가를 했어야 할 시기에 손님이 있다는 핑계로, 혹은 늦게 일어나서 또는 늦게 문을 닫아서 미처 행동할 시기를 놓친 것만 같았다.

삐아프는 작은 몸집에 어울리지 않는 큰 목청으로 인해 프랑스 가수 '삐아프'를 닮았다고 얻은 별명이다. 삐아프는 처음에 그 별명을 좋아라 받아들였지만 막상 실제의 '삐아프'처럼 무명시절의 고생만 닮은 것이 싫기도 했다. 삐아프가 사는 곳은 대낮에도 전등을 켜야 하는 반지하 방이다. 게다가 하는 일마저 주로 대학로의 반지하 소극장에서 이루어진다. 시커멓게 페인트칠을 한 얇은 베니어판으로 꾸민 조악한 연극무대에서 상황에 따른 조명을 쬐며 연기를 한다. 집에서 곧장 무대로 이어지는 시간이 많다 보니 햇볕보다 조명을 더 많이 받는다. 그러니 가끔은 맑은 공기와 햇볕이 그리웠다.

쉬는 날은 특별히 갈 곳도 없는 터에 '헤나 염색방'의 화숙이를 알고부터는 그나마 맘 편히 수다를 떨 동료가 생겨 작은 힐링 타임을 가질 수 있었다. 삐아프가 실제의 삐아프처럼 빨강머리를 고수하는 걸 보고 화숙이 지나가는 말로 뭉치의 빨간 주둥이와 러그를 가리켰다. 저 두 가지는 아마 영원히 빨간색이 변치 않을 거라고.

삐아프는 솔깃했다. 그렇잖아도 가뜩이나 자주 염색하는 게 귀찮던 참이었다. 삐아프가 자신의 머리를 그렇게 염색해 달라고 하자 화숙은 당황했다. 아직 그걸로 염색을 해본 적이 단 한 번도 없다고 했다. 아니 화숙은 그런 생각조차 해본 적이 없었던 것이다. 어떤 부작용이 있는지 증명된 바도 없을뿐더러 미용법에 위배되는 일은 할 수 없다고 했다. 그리고는 누구 신세 망칠 일 있냐며 슬며시 웃었다. 화숙의 정직한 태도에 삐아프는 더 안심했다. 아마 화숙이가 먼저 그걸로 염색해 주겠다고 했으면 미쳤냐며 안 했을 것이다. 사람 심리는 참으로 묘했다. 안 하겠다고 펄쩍 뛰는 화숙의 어깨너머로 뭉치가 메롱 하는 표정으로 삐아프를 바라보았다. 그 순간 삐아프의 눈에 뭐가 씌었는지 뭉치의 빨간색 주둥이 주변이 왜 그렇게

탐스럽게 보였던 것일까.

화숙이 줄기에서 따거나 주운 꽃은 얼마 되지 않았다. 하도 특이한 꽃이라 씨앗을 받기 위해 주워 놓은 것이었다. 그나마 주인 할머니나 주변 사람들의 눈을 피해 겨우 손에 넣었다. 사람들은 꼭 관심이 없다가도 누가 뭘 하면 따라서 하려는 심리가 있기에 화숙이 그 꽃을 따면 다른 사람도 딸 것 같았기 때문이다. 그러다 보니 꽃을 따거나 줍거나 하는 행동이 부자연스럽게 눈에 띌까봐 최대한 사람들의 시선을 받지 않으려고 애썼다.

꽃을 만질 때는 비닐장갑을 끼고 비닐봉지에 넣었다. 화숙이 급하게 꽃을 따서 들어오면 뭉치가 묘한 눈빛으로 그 모습을 내려다보았다. 뭉치와 눈이 딱 마주치면 화숙은 섬뜩했다. 마치 도둑질하다 들킨 모양으로 저도 모르게 몸이 움츠러들었다. 화숙은 신문지를 펴고 그 위에 꽃을 널은 뒤 침대 밑에 두고 일주일 정도를 말렸다. 꽃잎이 너무 바짝 마르면 부서질 것 같아 약간의 수분이 남아 있을 때 들깨같이 생긴 씨앗을 빼내고는 다시 사흘 정도 말린 뒤에 갈색 유리병에 담아 두었다.

삐아프의 염색 제안을 받고 화숙은 전혀 동요하지 않았다. 꿈에도 생각해 본 적이 없었기 때문이다. 그러나 삐아프가 여러 번 졸라대자 은근히 호기심이 생기기 시작했다. 그러자면 우선 대체 실습을 해봐야 될 것 같았다. 사람의 머리털과 흡사한 대체물이 무엇일지에 대해 곰곰이 생각하기 시작했다. 그 문제는 의외로 간단히 해결되었다. 어느 날 염색방에 들어온 고객이 샛노란 머리채를 훌러덩 벗는 것이었다. 인모가발이 있잖은가 말이다. 너무도 당연한 걸 쓸데없이 오래 생각한 것이 어이가 없을 지경이었다. 화숙은 이런 사소한 문제를 의논할 식구나 친구가 없다는 거에 서글퍼졌다.

처음엔 호기심이었다. 화숙이란 여자. 뭉치라는 고양이. 복숭아 향의 빨간색 꽃. 자연 염색. 새빨간 헤나. 이제 호기심은 재앙이 되어 삐아프를 덮쳤다. 지워지지 않는, 아니 없어지지 않는, 심지어 눈썹과 속눈썹 아니 털이란 털 모두가 빨갛다니. 팔뚝에서 올라오는 옅은 털까지 불그스름하자 동료들이 붉은 털게 같다고 놀리기 시작했다.

화숙이를 탓할 수도 없다. 화숙이는 계속 거절했었다. 여러 번 계속되는 삐아프의 부탁을 들어주었을 뿐이다. 더구나 화숙이는 행여 실수할까 실습해 본다는 명분하에 고가의 인모가발을 사기까지 했다. 화숙이가 염색한 그 가발을 본 순간 삐아프는 숨이 턱 막혔다. 너무너무 예쁜 빨간색이었다. 그 색을 보고는 더더욱 화숙이를 조르지 않을 수 없었다. 뭉치 주둥이의 빨간색과는 또 다른 빨간색이었다.

염색한 첫날은 색이 너무 진해서 핏빛처럼 보이기도 했다. 너무 진해서 걱정됐지만 다음 날 머리를 감고 식초 물로 헹구자 예의 가발에 물들였던 예쁜 빨간색이 되어 안심했다. 머리색이 예쁘다는 소리를 들으며 한 달 정도는 색상의 변화가 거의 없어서 편하다고 생각했다. 더구나 예전처럼 새로 자란 머리카락과의 경계가 없이 균일한 상태를 유지하는 것이 신기하기까지 했다. 머리카락이 자라지 않은 건지 자란부분도 같은 색을 띄고 자랐다는 것인지는 알 수 없었지만 말이다.

그리고는 그날, 공연이 끝난 뒤에 클렌징을 해도 지워지지 않는 붉은 털을 본 것이다. 이상한 것은 머리카락이야 염색을 했으니 그렇다 치고 눈썹과 팔뚝, 그 외의 몸에 난 붉은 털은 어찌된 일인지 이해할 수 없었다. 삐아프는 염색하던 날에 있었던 모든 일을 하나씩 머릿속에 그려 보았다.

삐아프의 이번 공연이 끝나려면 일주일 정도가 남았다. 공연이 끝나고 염색을 하려 했으나 도저히 참을 수 없었다. 염색방에서 본 붉은 머리가 눈앞에 어른거려 들뜬 마음으로 간단히 라면을 끓여 먹고 커피는 염색방에서 마시려고 집을 나섰다.

화숙은 고객의 머리를 감겨 주고 있었다. 화숙은 주로 나이 든 고객을 상대해서 그런지 같은 또래에 비해 말이나 행동이 좀 늙어 보인다. 그나마 얼굴이 노안이 아니라 다행이다. 새로운 염색을 한다는 기대감에 삐아프가 살짝 흥분된 거에 비해 정작 화숙은 별다른 감흥이 없어 보였다. 화숙은 고객의 머리를 감기고 꼼꼼히 헤어드라이어로 말린 뒤에 헤어에센스까지 성의껏 발라 고객을 기분 좋게 내보냈다.

기다림에 지친 삐아프가 살짝 흥이 떨어지며 기분이 나빠질락 말락 할 때였다. 화숙은 그런 삐아프를 다독이듯이 커피를 타 주며 슬쩍 누룽지 튀긴 걸 꺼내 주었다. 그제야 삐아프가 어린아이처럼 웃었다.

염색 과정은 별다른 게 없었다. 그저 평소에 하던 방법 그대로, 다만 예전의 헤나가루가 지금의 빨간색 꽃가루로 대체되었을 뿐, 나머지는 똑같았다.

아! 그렇다. 그날 삐아프가 마시던 커피에 그 꽃가루가 들어갔나 보다. 삐아프는 화숙이가 타 준 커피를 마시다가 설탕이 어딨냐고 물었고 정수기 옆에 놓여 있던 티스푼으로 설탕을 넣고 저어서 마셨다. 잠시 후에 화숙이가 꽃가루를 더 넣어야겠다며 티스푼을 찾았다. 그때 삐아프 손에 쥐고 있던 스푼을 보고 화숙이가 잠시 멍해 있었다. 그리고는 곧 화숙이나 삐아프는 대수롭지 않게 생각했었다.

화숙은 곰곰이 생각했다. 그리곤 뭉치를 유심히 살펴보려고 했다. 삐아프의 손등을 핥고 있던 뭉치가 보이지 않았다. 그러고 보니 뭉치의 입가는 빨간색이 거의 빠져 가고 있었다. 화숙은 문을 열고 밖을 내다보았다. 뭉치가 녹색 식물이 있던 곳에 주둥이를 처박고 비벼대고 있었다. 화숙이 다가가자 뭉치는 냉큼 자리를 피했다. 거기에는 흙이 파헤쳐져 있고 녹색 식물의 흰 뿌리가 드러나 있었다. 뭉치가 뿌리를 물어뜯은 건지 하얀 진액이 뿌리에 맺혀 있었다. 화숙은 다시 안으로 들어와 비닐장갑을 끼고 좀 전의 그 하얀 진액을 만져 보았다. 생각과 달리 그다지 끈적이지는 않았다. 화숙은 비닐장갑에 그 진액이 묻은 채로, 방에 놓아두었던 빨간색 가발의 머리채를 만져 보았다. 비닐장갑에 빨간색이 묻어났다. 이제야 알 것 같았다. 뭉치의 입가가 얽어진 것을.

문제는 빨간색만 빠진 게 아니라 인모의 원래 갈색 머리색도 빠져 백발이 되어 버리는 것이다. 뭉치야 흰색 고양이니까 백색이 티가 나지 않았을 뿐인 것이다.

화숙은 며칠만 기다려 달라고 했다. 반드시 방법을 알아내겠다는 말을 듣고 삐아프는 일단 기다리는 수밖에 없었다. 삐아프는 집으로 돌아갈까 하다가 그냥 화숙의 거처에 머물기로 했다. 화숙이도 반대하지는 않았다. 다행히 염색방을 찾는 손님이 없었다. 평소에도 이렇게 손님이 없으면 어쩌나 걱정이 될 정도였다. 나중에 알고 보니 화숙이 문밖에 임시 휴일이라고 써놓았다는 걸 알고 삐아프는 미안했다. 자신의 요

구를 들어주었을 뿐인 화숙이를 너무 몰아붙인 것 같았기 때문이다.

화숙은 우선 수첩에 순서를 적어 보았다. 일단 녹색 식물의 모든 뿌리를 캐낸 다음 세 묶음으로 나눈다. 한 묶음은 깨끗이 씻어 생즙을 받아 놓을 것이며 두 번째 묶음은 자연 건조시켜 미지근한 물에 우릴 것이다. 세 번째 묶음은 일반적인 방법대로 건조된 것을 끓여서 사용할 것이다.

빨간색을 지움에 있어서 어쩌면 이 세 가지 방법 모두가 해당될 지도 모른다. 확신이 드는 건 생즙이었다. 뭉치가 끓여서 사용할 재주는 없었으니 말이다. 나머지 두 가지 방법은 거의 효과가 있지 않을까 추측할 수 있을 뿐이었다.

화숙은 메모해 놓은 걸 다시 한 번 확인하고는 모종삽을 들고 나가 검은 비닐봉지 속에 식물의 뿌리 더미를 꽉 차게 담아 들고 왔다. 그 뿌리는 생으로, 또 말려서 쓸 것이다. 말리는 시간을 줄이기 위해 바로 옆의 식당에서 건조기를 빌려 와 밤새 바짝 말렸다. 바짝 마른 뿌리의 양은 반으로 줄어 얼마 되지 않았다. 얼핏 도라지를 말린 것 같이 보였다. 화숙은 곧 그 뿌리를 커다란 양은 주전자에 넣고 펄펄 끓여서 식혔다.

식힌 물에 빨간색 가발의 머리카락 일부를 잘라서 넣기도, 감기기도 하면서 온갖 요상한 짓을 다 하고 있었다. 그러면서 그 하나하나의 작업을 모두 수첩에 기록하는 걸 빠트리지 않았다. 삐아프가 아침에 눈을 떠 보니 화숙이는 잠을 못 잤는지 두 눈이 시뻘겋게 충혈되어 있었다.

삐아프는 왠지 미안해서 화숙에게 아침밥을 챙겨 줘야 될 것만 같았다. 좁은 주방 구석에 놓인, 삐아프의 키보다도 작은 냉장고 안은 너무도 빈약했다. 삐아프는 밖에 나가 장을 보고 싶었지만 나갈 용기가 생기지 않았다. 우선 있는 대로 몇 개 안되는 계란을 프라이하고 식은 밥은 김치를 넣고 볶았다. 아주 기본적인 식단이었지만 화숙이는 무척 고마워했다. 그러고 보니 삐아프는 누군가와 함께 아침밥을 먹어 본 지가 얼마만인지 몰랐다. 밥상을 마주하고 앉아 있는데 삐아프는 이유를 알 수 없는 눈물이 흘러내렸다. 그 모습을 보고 화숙이도 덩달아 눈물이 글썽했다.

이틀이 지나서 화숙이의 결론이 내려졌다. 녹색 식물의 생

뿌리는 너무 강해서 머리카락이 하예지지만 끓이면 순해지며 붉은색만 뺀다는 걸. 즉 머리카락의 빨간색은 녹색 식물의 뿌리를 끓인 물로 감으면 된다는 것과 몸에 난 붉은 털은 차로 마시면 될 것 같다고 했다. 될 것 같다고,에 삐아프가 발끈했다. 된다고,가 아니라 될 것 같다는 추측성 말에 기분이 상한 것이다. 그러나 화숙이가 이미 자기가 이틀 전에 마셔 봤다고 대답하자 삐아프는 더 이상 할 말이 없었을뿐더러 행여 그 뿌리에 독성이 있었다면 어쩔 뻔했냐는 질책과 뒤늦은 사과의 말까지 덧붙여야 했다.

화숙이는 그야말로 목숨을 걸고 이 문제를 해결하고자 한 반면 정작 삐아프는 이 문제를 일으킨 장본인이었다. 삐아프의 철없고 대책 없이 몰아붙인 행동 때문에 뒷감당은 애먼 화숙이 뒤집어쓰고 있었다.

화숙이가 건네주는 투명 유리잔의 차에서 꽃에서 나던 복숭아향이 났다. 생각보다 맛이 괜찮았다. 삐아프는 살다 보니 별일이라는 말이 입에서 절로 나왔다.

그러게 말이다, 라며 화숙이 한숨을 쉬었다.

삐아프는 반지하방으로 돌아가고 싶지 않았다. 그냥 여기서 이렇게 화숙이랑 사는 것도 나쁘지 않았다. 이젠 뭉치까지도 삐아프를 따르는 것 같았다. 아마 같은 일을 겪어서—정작 뭉치는 자기 주둥이가 빨간 지도 몰랐겠지만—라는 동지애라도 생긴 것일까.

삐아프가 너무 철이 없는 것인지 옆에서 화숙이의 생활 방식을 보니 동갑인데도 어쩐지 언니 같은 느낌이다. 삐아프는 이제부터 차근차근 화숙이에 대해 개인적인 일들을 알아가고 싶었다.

화숙은 삐아프를 놀라게 한 이번 일을 계기로 자신이 염색방에서 그저 주어진 대로 아무 생각 없이 헤나를 염색해 주었을 뿐 그 이상도 이하도 아닌 지극히 수평적인 생활을 해 왔음을 깨달았다. 이번 일은 어찌 보면 큰일인지 작은 일인지 알 수 없지만 화숙의 머릿속에 새로운 방향을 제시하기도 했다. 헤나라는 것에 대해 뭔가 기본적인 생각을 해 보게 되었다.

헤나는 늘 외국에서 수입해 오는 걸 써 왔을 뿐 그 외에 다른 생각은 여태 해 본 적이 없었다. 어쩌면 우리나라 이 땅에도 헤나와 비교해 맞설 수 있는 대체 식물이 혹시 있는 건 아닐까. 이런 생각을 누가 해 본 적은 없었던 것일까. 그렇다면 이제부터라도 해 보는 건 어떨까. 그게 나일 수도 있지 않을까. 내가 꼭 산으로 들로 나가 뭔가를 채집하거나 얻어 오는 방법 외에 그저 이 상태로 일하면서 하나씩 실험, 혹은 실습해 보면서 가장 만만한 식물의 꽃이나 잎, 씨앗, 뿌리를 찾아보는 건 어떨까에 대해 생각하기 시작했다.

루와 커피를 처음엔 그 누군들 생각이나 했겠는가. 뭉치의 저 의뭉스런 눈빛 속에 우리가 알 수 없는 많은 것들이 담겨 있는 건 아닐까. 어쩌면 뭉치는 얘기를 해 주고 싶은데 아무도 관심을 갖지 않으니 그저 한심하다는 표정으로 바라보기만 하는 건 아닐까. 가끔씩 밤에 나가 며칠이 지나서야 돌아올 때의 뭉치는 혹 놀라운 비밀을 품고 오는 건 아닐까. 화숙은 끝없는 생각이 엉뚱한 쪽으로 퍼져 나갔다.

삐아프, 저 철없는 동갑네의 머리색을 해결하며 화숙은 기가 다 빨려 나간 기분이다. 사람들은 저마다 남녀를 떠나서 자기와 궁합이 잘 맞는 이가 있기 마련이다. 삐아프가 저지레를 하면 화숙이 그 뒤치다꺼리를 해 주는 모양새를 몇 번 겪다 보니 화숙은 삐아프와 좋은 인연이 아니라는 결론에 이르렀다. 더구나 삐아프는 그런 성격으로 어떻게 사회생활을 하는지 궁금할 정도로 사람들과의 친화력이 좋지 않았다. 이 염색방의 특성이 화숙이 또래보다는 나이가 많은 중년이나 초로의 노인이 많은 편인데 삐아프는 심지어 그들과도 사이가 좋지 않았다. 어쩌다 손주를 돌보기에 지쳐 마실 삼아 아이를 데리고 온 할머니와 언성을 높이기도, 남편에게 얻어맞고 온 중년 고객에게 기분을 풀어 주기는커녕 화를 돋우기도 해 화숙이 난처한 적이 여러 번 있었다. 대체로 삐아프는 자기중심적인 생각을 걸러 내지 않고 그대로 상대방에게 드러내 버린다. 그러다가 일이 얽히고 꼬이면 늘 화숙이가 나서야만 원만하게 해결이 되었다. 이제 슬슬 그런 사소한 일에 핏대 세울 나이는 지난 게 아닐까. 아니 죽을 때까지 품고 가는 이도 있으니 뭐라 할 문제가 아닐지도 모른다. 어쨌든 저 철딱서니의 뒷감당까지 하기엔 화숙은 이제 지쳐 버렸다.

삐아프가 싫은 건 아니다. 그러나 같이 살고 싶지는 않다. 삐아프와는 그저 친구로 만족한다. 삐아프와 화숙은 지금까지 살아온 세월이 다르듯 앞으로도 당연히 다른 것이다. 화숙은 누구랑 엮이는 걸 좋아하지 않았다. 만약 그렇지 않았다면 혼자서 뭉치와 이렇게 살지 않았을 것이다.

서울의 변두리, 이곳은 지방 소도시의 어느 작은 골목 같다. 화숙은 이 동네를 좋아한다. 아파트가 없이 거의 일반 주택으로 구성된 이런 동네는 서울에서 흔치 않았다. 어쩌면 느닷없이 재개발이니 도시재생사업이니 하며 온 동네를 들쑤실 어떤 계획이 나올지도 모르지만 아직은 이 동네 주민의 특성으로 볼 때 이 상태 그대로를 유지하려는 사람이 주축을 이루는 모양이다. 이유는 모르겠지만 언젠가 중견 건설회사에서 이 근처를 둘러보고는 고개를 내젓고 돌아갔다고 한다. 이곳 사람들은 그저 이대로 조용히 살고 싶어 하는 모양이다. 그래도 앞일은 그 누구도 모른다. 저들이 언젠가 이곳의 집을 팔고 떠날지 혹은 늙어 병들면 그들의 후손이 어찌 나올지는 알 수 없는 일이다.

세입자인 화숙의 입장에서는 주인 할머니만 변함없다면 생활이 달라질 확률은 거의 없다. 이 염색방을 찾는 고객도 그저 그냥 무난한 아주머니들로 이루어져 있다. 특별히 멋내기를 위해서 이곳에서 염색을 하는 이는 거의 없다. 젊은 여자들은 좀 더 번화가의 규모가 큰 미용실이나 체인점을 찾아 갈 것이다.

그저 날마다 새싹 돋듯 솟아나는 흰 머리카락을 최대한 참고 견디다가 할머니 소리를 듣기 싫을 때쯤 찾아오는 저들을 화숙은 그저 어서 오세요, 라며 라텍스 장갑을 끼고 맞이한다. 저들의 원하는 바를 충족시켜 주고 안녕히 가세요, 또 오세요,를 반복할 뿐이다. 그리고 화숙이도 그렇게 늙어 갈 것이다. 언젠가는 뭉치가 다시는 돌아오지 않을지도 모른다. 그럼에도 화숙은 그저 그런대로 이 염색방을 최대한 오랫동안 지킬 것이다.

빼이이

삐이이.

날카로운 기계음이 길게 울린다. 곧이어 비상벨이 울리고 대여섯 명의 의료진이 긴급하게 몰려 들어온다. 내 얼굴엔 아무 표정이 없다. 딱히 평온하거나 불쾌한 것 같지는 않다. 심장 제세동기를 가동하자 잠시 후 약간 숨이 돌아온다. 이상한 건 내가 그 모습을 보고 있는 것이다. 분명 숨이 붙어 있고 침대에 누워 있는데 스스로 그 모습을 내려다보고 있는 것이다.

몰려 있던 의료진이 잠시 한시름을 놓고 알 수 없는 용어를 주고받더니 간호사 한 명을 남겨 놓은 채 모두 방을 나가

버린다. 흙탕물이 일던 개천이 다시 맑은 모습으로 되돌아온 것 같다.

표정 없는 내 얼굴. 아마 평상시의 내 모습은 저런 무표정이 아닐까 싶다. 피곤함이 깃든 얼굴로 증명사진을 찍기 위해 카메라를 쳐다본 순간, 저 모습일 것이다. 눈만 떴다면 말이다. 침대의 머리맡에 있는 기계의 모니터는 비록 느리지만 엄연히 움직이며 내가 살아있음을 여실히 보여 주고 있다. 그럼에도 내가 느끼는 나의 정신과 혼은 마치 죽은 것만 같이 느껴진다. 내가 누워 있는 모습이 시체같이 내 눈 아래 늘어져 있는 것이다. 저들이 모니터상 살아 있는 나를 어루만질지라도 나는 죽어 있는 나를 주체적으로 끌어가야 될 것 같다. 책이나 영화에서처럼 죽은 뒤에 천사나 저승사자가 나타나는 게 아닐까 잠시 주변을 두리번거렸다. 그 누구도 보이지 않았다. 살아 있을 때와 마찬가지로 나는 지난 시간에는 관심이 없다. 앞으로 어떻게 되는 것인지가 궁금할 뿐이다.

나는 직사각형의 기다란 창문을 통해 밖을 내다보았다. 2월의 무기력한 저녁 햇살이 도로 귀퉁이의 눈과 흙이 섞인 얼음을 맥없이 비추고 있다.

저절로 긴 한숨이 새어 나온다. 그러나 아무 느낌이 없는 것이 이상했다. 마땅히 있어야 할 입안의 치아가 혀끝에 닿지 않자 재차 깨달았다. 나는 혀조차도 없다는 것을. 아니 나는 아무것도 아님을. 이제부터는 할 수 있는 일이 없음을 받아들여야 했다. 여기서부터는 배우고 익힌 바가 없으니 두렵기도 하고 무서울 게 없기도 하다. '죽기밖에 더 하겠어'의 진정한 의미를 알 것 같다.

움직이는 건 생각보다 쉽다. 그저 원하는 방향으로 벽이든 유리든 그저 통과한다. 그러고 보니 이런 건 영화에서 봤다. 그런 영화를 만든 사람들은 이 사실을 어떻게 알았을까. 미처 죽어 보고 알았을 리는 없었을 텐데 말이다.

어느 틈에 나는 한강 변을 걷고 있다. 63빌딩이 있는 쪽에서 국회의사당 쪽으로 걷고 있다. 나는 이제껏 벚꽃이 한창인 꽃놀이 축제나 불꽃놀이로 윤중로가 사람으로 미어터질 때, 단 한 번도 그날의 분위기를 느끼며 걷지 못했었다. 그때 나는 뭘 하고 있었을까. 아무리 바빠도 보통사람들이 의례적으로 한 번씩 핑계 삼아 쉬어갈 때조차 말이다.

여러 장소 중에서 나는 왜 굳이 한강 변을 걷고 있을까. 나의 무의식 속에 아버지의 한이 전달된 건 아닐까. 아버지의 사십 대, 그 꿈은 모래 사업으로 성공하는 것이었다. 한강의 모래는 봉이 김선달이 대동강 물을 팔아 자수성가했다는 기둥을 붙잡고 있었다. 거칠고 모진 사람들에게 터지고 베인 아버지의 몸은 만신창이가 되어 평생 재기하지 못했다. 아버지의 나약한, 아니 어리석은 모습은 가족에게 절망과 포기를 안겨주었다. 가장 먼저 나타난 현상은 집안에서 소리가 사라진 것이다. 말소리는 물론이고 TV나 라디오를 비롯한 전자음, 심지어 마루를 걸을 때조차 예전 같지 않았다. 소리 내는 인간은 죽여 버리겠다고 누군가 협박문을 벽마다 붙여 놓은 듯 밥상머리에서도 주방에서도 모든 소리는 사라져 버렸다. 심지어 국수를 먹을 때조차 숨을 멈춘다, 국수를 말아 입에 넣는다, 소리 없이 씹는다는 '국수 먹는 법'이 있는 듯 했다. 그때는 몰랐는데 이제 와 생각해 보니 집에서 키우던 잡종견조차 소리를 삼켰던 것 같다.

추운데다 점점 어두워지는 탓에 아무도 없는 강변을 걷다

보니 내 꼴이 한없이 초라했다. 어찌 되었든 살아 있는 인간이 이기는 게 아닌가. 죽은 사람은 진 것이다. 개똥밭에 굴러도 이승이 좋다지 않던가.

아무도 없던 앞에서 어느 순간 웬 노인이 개와 함께 오고 있다. 거리가 좁혀졌다. 겅중겅중 뛰는 백구의 활기찬 행동에 비해 개 짖는 소리가 들리질 않는다. 웬걸 노인의 발밑이 신발은커녕 발모양이 불분명하다. 산 자와 죽은 자를 구분하는 기준이 무엇인지를 알아 두지 않으면 곤란해질 것 같다. 아니 언제까지 이렇게 구분하며 있어야 하는지도 모르겠다.

그러고 보니 가장 중요한 걸 잊었다. 내가 병실에 실려 온 뒤의 일에 대해서 아무것도 떠오르지 않는 것이 이상했다. 더구나 나를 찾아온 이가 아무도 없는 것이 이해되지 않았다. 나는 어떻게 병원에 온 것일까. 다시 병원으로 가 보기로 했다. 그런데 생각나지 않는다. 내가 어느 병원에 있던 것인지 정말 모르겠다. 뒤돌아서 거꾸로 걸었다. 63빌딩이 보이고 그 옆으로 불빛이 비치는 하얀 벽면에 성모 마리아의 얼굴이 흑백 사진처럼 찍혀 있는 여의도 성모병원이 보인다. 이제야 생각났다. 만약 고립된 섬이 아니었다면 병원을 못 찾았을지도 모른다.

입원해 있던 2인용 병실에는 내가 여전히 무표정한 얼굴로 누워 있다. 의식 없는 나의 발 아래쪽 아크릴 판에 꽂혀 있는 흰색 종이, 이름과 나이가 쓰여 있다. 이현우. 남. 39세.

옆방에서 누군가의 울음소리가 들린다. 옆방으로 들어갔다. 침대 맡에서 늙은 여인이 죽은 여자를 흔들며 울고 있다. 죽은 여자의 창백한 얼굴을 본 순간 이제야 뭔가 생각이 났다. 내가 늦은 밤 공항버스에서 내려 K호텔 앞의 신호등을 보고 건널목을 건널 때였다. 느닷없이 내게 달려들던 승용차의 운전석에 저 여자의 얼굴이 있었다. 30m 가량 붕 떠 있던 나는 공중에서 정신을 잃었다. 저 여자는 나를 치고 또 다른 무엇인가에 부딪친 모양이다. 겨우 나 하나를 치고 죽을 리는 없으니까 말이다.

내가 먼저 의식을 잃었고 저 여자는 지금 죽었나 보다. 깊은 병으로 예정된 죽음이라고 해도 막상 죽으면 놀라거나 당황할 텐데 하물며 느닷없이 사고로 맞이한 죽음은 말할 것도 없다.

죽은 여자가 자신의 얼굴을 내려다보며 울고 있다.

여자의 발 아래쪽에는 이은미. 여. 36세. 라고 쓰여 있다. 울고 있는 여자가 베이지색 옷을 입고 있어서 눈에 잘 띄지 않는다. 거기에 비해 나는 회색 옷을 입고 있다. 이상한 것은, 나는 이 옷을 입은 기억이 없다. 그렇다면 저 여자의 베이지색 옷도 생전의 옷은 아닐 것이다.

여자 근처를 서성거리다 지쳐 갈 무렵이었다. 아무도 관심 없고 달래주지 않는 울음에 지쳤는지 여자가 고개를 들고 주변을 둘러보았다.

나와 눈이 딱 마주쳤다. 뭔가 알쏭달쏭한 표정이다. 나를 알아 본 건지 보이지 않는 건지 알 수 없다. 여자는 침대 맡에서 울고 있는 늙은 여자를 아랑곳하지 않고 지나쳐 자신의 얼굴에 흰 시트를 덮는 남자 간호사의 무표정한 얼굴에 대고 뭐라고 말을 했다. 그는 좀 전에 내 방에도 왔던 자였다. 그 간호사가 울고 있는 늙은 여자를 제지하며 침대를 밀고 방을 나간다. 급하지도 느리지도 않은 동작으로 복도를 지나 엘리베이터 앞에서 버튼을 누른다. 그는 주머니에서 휴대폰을 꺼내 들여다본다. 자장면 배달통을 옆에 두고 기다리는 이와 다를 바 없이 무심하다. 내가 아님에도 조금 섭섭하다. 적어도 시체 옆인데 말이다. 누가 보면 저 어깨 건장한 간호사가 시체라 해도 믿겠다. 저 무표정과 무심함에서.

따라 나온 여자는 자신의 시신을 내려다보며 엘리베이터를 같이 탄다. 나도 따라서 탔다.

간호사는 B4의 버튼을 누른다. B4에서 내린 간호사는 복도 깊숙이 들어가 시체보관실의 비밀번호를 누른다.

여자는 제 코가 석 자인지 나의 존재를 의식하지 않는다. 딱히 할 일이 없는 나는 이미 여자의 감각에 의지하기로 했다. 보관실의 번호표를 확인하던 간호사는 F-5에서 멈춰 시체를 안치한다. 여자는 넋이 빠진 채 자신의 시체가 커다란 스테인리스 서랍 속으로 들어가는 걸 바라볼 뿐이다. 간호사는 빈 침대를 끌고 나가면서 입구의 스위치를 끈다. 주변이 캄캄해지며 출입구에 녹색등만이 반짝인다. 여자는 출입문으로 나가려다 손잡이가 만져지지 않음에 당황한다. 내가 벽을 통과해 나오자 잠시 후 여자도 벽으로 나온다. 무턱대고 걷는 내 뒤를 여자가 따라온다. 둘 다 아무 말이 없었다. 무슨 말을 하겠는가.

병원 밖까지 따라 나온 여자가 갑자기 두리번거리더니 장례식장 쪽으로 급히 달려간다. 역시 여자의 촉은 뛰어나다. 이번에는 내가 여자를 급히 따라갔다. 바로 옆 건물인 장례식장은 입구부터 사람이 제법 있었다. 허겁지겁 달려가는 여자는 빨랐다.

시체실이나 장례식장은 늘 지하이다. 역시 죽은 이들은 위보다는 아래쪽이 맞는가 보다. 지하 2층까지 단숨에 내려간 여자는 방마다 휘젓고 다니고 있다. 드디어 한 곳에서 멈춘다. 여자의 사진 앞에서 울고 있는 여섯 살 가량의 여자아이가 보인다. 필시 이모나 고모 같은 젊은 여자가 아이를 달래고 있다. 아이는 두 눈을 꼭 감고 양 발을 구르며 떼를 쓰듯이 울고 있다. 여자는 물끄러미 아이를 바라만 본다. 나는 뭘 어찌해야 할지 모르겠다, 고 생각한 순간 여자가 아이 따위는 안중에도 없다는 듯 획 뒤돌아 입구 쪽으로 간다. 나도 얼떨결에 여자를 따라갔다. 지상으로 올라온 여자는 주차장으로 걸어간다. 늦은 밤이라 많지 않은 자동차 중에 희미한 불빛이 새어 나오는 흰색 소나타에서 여자가 멈춘다.

차 안에서 남자가 통화를 하고 있다. 여자가 앞좌석에 앉는다. 나는 밖에서 기다리기로 했다. 전면 유리를 통해 보이는 남자는 웃으면서 즐거운 듯이 통화를 하고 있다. 뭔가 석연치 않다. 나는 슬쩍 뒷좌석에 앉아 본다. 내가 앉아도 여자는 뭐라 하지 않는다. 남자는 어떤 여자와 통화 중인가 보다. 당분간, 빨라도 일주일은 보기 힘들겠다고 한다. 통화 내용을 듣던 여자는 남자의 머리통을 후려치지만 허공을 스칠 뿐이다. 다시 한 번 머리털을 뽑을 기세지만 역시 여자는 남자의 머리털 하나도 어쩌질 못한다. 여자는 분노의 치를 떤다. 자동차의 룸미러에 하트형의 액자가 걸려 있다. 여자와 아까 울고 있던 아이가 손가락으로 V자를 내밀고 있다.

여자는 다시 장례식장의 아이 옆으로 가서 주저앉는다. 조문객이 거의 없는 곳에서 여자는 그저 넋을 잃고 주저앉아 있다. 나는 복도로 나와 옆방을 들여다보았다. 그곳도 크게 다를 바가 없다. 울음은 이미 그치고 그저 피곤에 지친 유가족만이 말없이 무언극을 하는 것 같다. 지루해진 나는 여자를 기다릴 수 없다.

답답할 때는 강바람만한 게 없다. 한강 변을 걸어 보았지만 나아지지 않았다. 한강 변에서 도로로 올라왔다. 내가 생전에 거주하고 싶었던 강변의 목화 아파트를 지나 벚나무가 가지런한 길을 따라 여의도 공원으로 걸었다. 이른 새벽이라 사람들이 눈에 띄지 않았다. 저 멀리 교회의 은빛 대형 십자가가 눈에 들어왔다. 팔각형 지붕으로 유명한, 성령이 충만하다던 교회다. 새벽 예배가 끝난 모양이다. 추위에 온몸을 두꺼운 외투로 감싼 사람들이 쏟아져 나와 사방팔방으로 개미 떼처럼 흩어진다. 불과 십여 분도 안 되어 교회 앞이 말끔하게 비워졌다.

곧이어 연두색 형광색 조끼를 걸친 청소부원이 어디서 나타났는지 점점이 배추벌레같이 꿈틀거리고 있다. 그러고 보니 나의 눈높이가 저들보다 높다는 걸 깨달았다. 내 몸이 떠 있는 게 아니겠는가. 국회의사당 앞까지는 눈 깜짝할 새였다.

지하철에서 벌써부터 올라오는 사람들이 눈에 띄기 시작했다. 일찍 출근을 서두르는 저들 틈에 내가 끼지 않고 벗어난 것이 오히려 행복하게 느껴지는 심정은 뭐라 설명해야 할지 모르겠다. 사실 일반적인 직장인들보다 힘들다고 할 수 없는 직종이었음에도, 달리 사는 것에 큰 기쁨과 보람은 없었던 것 같다.

어쩌면 일찍 죽은 형의 몫까지 살아내야 한다는 일종의 의무감이 곁들여진 삶이 아니었나 싶기도 하다. 부모의 조마조마한 눈길을 마주보는 것도 지쳤고 그 눈빛에서 형을 찾고자 하는 듯한 목마름이 나를 힘들게 한 것인지도 모른다.

내가 죽은 건지, 아니면 잠시 쉬었다 가는 것인지 알 수 없지만 설령 죽는다 해도 나 자신에게 있어서는 아무런 아쉬움이 없다는 건 그저 부모님의 시각에서만 내 삶이 유지되고 있었다는 건 아닌지. 그렇다면 내 삶은 뭔가가 잘못된 게 아닌가. 그런대로 정상적인 나였을 때는 왜 이런 고민을 안했을까. 참으로 한심한 인생이 아닐 수 없다.

결혼을 안 했기에 망정이지 남에게 못할 짓을 할 뻔했다. 하기야 요즘 누가 사별에 큰 의미를 두겠나 싶기도 하다.

국회의사당의 둥근 지붕이 설핏 아침 해를 받는다. 석양과는 분명히 다른 빛이다.

야행성인 나는 늦은 밤에는 오랜 세월 깨어 있었어도 이른 아침은 무척이나 낯선 시간대다. 특히나 해가 중천에 떴을 때 꿈지럭거리며 깨어나던 많은 날들이었기에 지금 이 시간은 다른 세계의 낯선 공간에 버려진 듯한 기분이다. 뾰족한 아침 해에 눈이 날카롭게 찔렸다고 생각한 순간 편의점의 간판이 눈에 들어왔다. 빨간색 네모난 직선의 조명이 내가 살던 오피스텔의 정문을 생각나게 했다.

'오필리어'. 건축주가 셰익스피어의 희곡 「햄릿」에서 감명을 받았던 걸까. 오피스텔 건물에 이름 붙이기에는 그다지 어울릴 성싶지 않은 이름이다. 하긴 그 이름 때문에 이런저런 이름을 달고 다닥다닥 붙어 있는 이 오피스텔촌에서 내가 선뜻 고른 게 아니었을까. 주변 건물에 비해 규모가 크진 않지만 건물 외양이 유럽의 이오니아 양식을 본뜬 모양새가 일단 내 시선을 끌었던 이유이기도 하다. 하기야 정작 내가 사는 808호실 내부는 여느 오피스텔과 크게 다를 바가 없긴 하지만 말이다.

808, 808호를 향해 직진해 본다. 도대체 얼마만인가. 그런데도 마치 몇십 년의 세월이 흐른 뒤에 찾아온 어느 낯선 도시의 모르는 공간 같은 느낌이 드는 것이 이상했다. 내가 적어도 삼 년 정도 살았던 곳인데 80년대의 연극 무대 같은 이 느낌은 뭘까.

늘 피곤했던 내 몸을 뉘이던 침대와 바삭한 식빵 조각과 달달한 꿀을 하얀 접시에 담아 올리던 식탁. 중고로 사들인 독서실용 일인용 책상. 빨래 건조대에서 미처 거둬들이지 못했던 색이 바랜 속옷. 내가 이곳에 돌아오지 못한다면 결국 이곳을 정리할 사람은 내 부모가 아닌가. 형에 이어 한 번도 아닌 두 번의 고통을 떠넘기기엔 너무 가혹한 짓이 아닌가. 행복한 이들은 늘 만사가 형통한데 형과 나는 왜 하는 일마다 순조롭지 않았을까. 차라리 이곳의 내 소식이 전해지지 않은 채 묻혔으면 좋겠다. 어차피 불효일 바에야 살아 있는 불효자식으로 남아 있는 게 그나마 덜 가슴 아프지 않겠는가 말이다. 내 물건임에도 방안의 어느 것 하나 내 손으로 만질 수가 없다.

지난해 작은 화분에 심었던 율마가 말라 죽고 웬만해선 죽지 않는다던 어항 속의 구피가 물 위에 둥둥 떠 있는 걸 건져낸 뒤로는 살아 있는 그 무엇도 거두지 않았었다. 조용한 가운데 '위잉 턱' 소리를 내는 낡은 냉장고의 회전 소리에 깜짝 놀랐다. 막상 냉장고의 기계음이 들리자 마치 그 소리가 살아 있는 생명체같이 반갑기도 했다.

책상 위 노트북 옆에 꽂혀 있는 휴대폰의 충전기, 그리고 보니 내 휴대폰이 어디에 있는지 모르겠다. 비록 공식적인 일외에는 일상적인 안부의 문자조차 오지 않는 휴대폰이지만 그 액정에 혹시라도 무엇이 있을까가 궁금해진다. 내 삶이 마무리되는 마당에 고작 휴대폰의 화면이 이리 비중을 차지한다는 게 서글프다.

냉장고 측면에 붙어 있는 한 장의 사진이 눈에 띈다. 평소엔 스쳐 지나칠 뿐 관심이 없었다. 주방의 작은 창문으로 들어온 햇빛에 바랜 건지 사진의 전체적인 색상이 노란색 파스텔 톤으로 뿌옜다. 사진을 자세히 들여다보았다. 어깨까지 오는 장발에 약간의 컬을 넣어 파마를 한 머리가 눈에 띈다. 동그란 안경이 얼굴의 중앙에 얹혀 있다 보니 눈이 큰지 작은지 심지어 눈썹의 모양이나 두께 정도가 잘 알아보기 힘들다. 안경 아래로 짧지만 오뚝한 코가 있다. 위아래 입술이 얇다 보니 남자로서 그다지 무게 있어 보이지 않는다. 더 눈길을 끄는 것은 사진의 배경이다.

처음에는 뒷배경으로 굵은 밧줄이 약간 사선으로 기울어져 있어서 배에서 찍은 줄 알았다. 가까이 다가가 자세히 들여다보니 흐릿하게 위로 치솟은 불길로 보아 그건 열기구, 즉 벌룬이었다. 그제야 그때의 상황이 선명히 떠올랐다.

벌룬을 타기 위해 이른 새벽 벌룬 카페에 모여 앉아 간단한 스낵과 커피를 마시며 동트기를 기다렸었다. 그날 동틀 무렵, 터키석 같은 옅은 청록의 푸르스름은 같은 하늘 아래 처음 보는 색깔이었다. 여태껏 그런 색은 바다에서나 있는 줄 알았었다. 나는 싸늘한 기온을 한 장의 담요로 버티며, 바람의 세기를 측정하는 벌룬맨들이 하얗게 뱉어 내는 담배연기를 물끄러미 바라보았다.

넓은 흙바닥에 쭈그러든 자두같이 펼쳐진 벌룬을 두고 덩치 큰 벌룬맨들이 일사분란하게 작업을 했다. 어느덧 벌룬은 둥근 형태를 갖췄다. 벌룬맨이 신중하게 짜여진 매뉴얼대로 사각의 튼튼한 바구니 속으로 여행객들을 태웠다.

고도를 유지할 때까지 벌룬의 불길 소리가 요란했다. 그러다 적정 고도에 도달했을 때 마치 화성이라도 온 듯한 놀라움이 펼쳐지자 내 귀에는 아무 소리도 들리지 않았다. 벌룬은 바람의 흐름을 타고 가듯 매끄럽게 떠가고 있었다.

옹기종기 모여 있는 모래로 된 버섯 모양의 꼭지를 잘 벼른 칼로 슥 치면 반반한 단면이 드러날 것 같았다. 운 좋게 버섯 기둥 아래쪽에 날쌔게 달리는 사막여우를 보았다. 그 달리는 동선에는 내게 보이지 않는 사막 쥐나 작은 뱀이 있었을 것이다. 벌룬의 그림자가 여우를 따라갔다. 여우에 관심을 보이는 내게 벌룬맨이 웃으며 사진을 찍어주겠다고 했다.

굳이 벌룬을 탈 생각이 없었던 나는 카파도키아의 휴게실에서 오렌지를 통째로 갈아주기를 기다리며 창밖을 내다보지 않았다면 영영 벌룬을 타지 못했을 것이다. 패키지여행 관광버스에서 내린 한국인 아주머니들이 넋이 빠진 얼굴로 오로지 벌룬을 타기 위해 또 오고 싶다며 짓던 황홀한 표정을 보지 못했다면 말이다.

만화책에서 '고오오오'하는 장면이 있다. 마치 그 기분이었다. 뭐라 말할 수 없는 상태, 가슴에서 휘몰아치는 놀라움과 감동을 설명할 수가 없다. 저 아래로 펼쳐진 공간을 보지 않았다면 안 봐서 억울한지도 모를 뻔했다. 평생 손꼽을 이 극단적인 감동의 순간에도 느닷없이 내 가슴속을 할퀴는 기억은 여행 가이드였던 형이 괌에서 비행기 추락으로 사망한 것이다. 형은 이보다도 더 높은 곳에서 최후의 순간을 공포에 쌓여 속절없이 떨어져 내린 것이다.

저 아래 울퉁불퉁한 바위 언덕을 날렵하게 달리는 또 다른 여우를 보았다. 내 마음속에선 여우에게 쫓기는 어린 동물의 공포가 겹쳐진다. 그 쫓김은 추락의 공포가 되어 내 머리끝에서 발뒤꿈치로 식은땀이 쭉 흐른다.

천천히 움직이는 벌룬은 느린 강물을 떠가는 뱃놀이처럼 여유롭다. 양옆에서 계속 눌러 대는 카메라의 셔터 소리가 성가시게 들렸다.

저 아래 바닥을 내려다보니 우리가 타고 온 빨간색 오픈카가 우리 일행을 태워 가기 위해 벌룬을 따라오고 있다. 아찔하더니 머리가 핑 돈다.

높은 건물에서 뛰어내리는 이들은 미처 바닥에 닿기 전에 이미 삶의 건너편에서 이쪽을 바라볼 것만 같다. 스스로 뛰는 사람과 던져진 사람의 차이는 마음의 준비를 한 것과 미처 정리를 못한 것의 차이일 터. 아무리 다짐하고 뛰어내렸다 한들 차분할 수는 없을 것이다. 발을 떼자마자 후회하지 않을 사람이 과연 얼마나 될까.

형이 죽은 뒤 삼 년쯤 지났을까. 11월의 찬비가 내리던 날, 형의 연인이었던 Q를 북촌에 있는 이탈리아 레스토랑에서 보았다. 만난 것이 아니라 그냥 보았다. 내게서 대각선의 위치에 앉아 있던 Q는 그날 특별한 날이었나 보다. 미용실에 다녀왔는지 한껏 머리에 공을 들였고 핫핑크색의 장미 다발을 옆에 두고 있었다. 마주 앉은 상대의 얼굴은 내 쪽에서 보이지 않았다. 나는 무거운 우산을 레스토랑에 버려둔 채 밖으로 나왔다. 형이 마치 그날 죽은 것 같았다. 형을 아는 이들에게서 진짜로 잊혀진 시점이 그날인 것만 같았다. 내가 그저 방심하고 있다가 형을 보내 버린 기분이었다. 사실 내가 할 수 있는 일이 뭐가 있단 말인가.

급작스런 사고, 대처할 수 없는 상황, 여기에 무슨 살을 붙이고 토를 달겠는가. 그저 지나간 슬픈 사연일 뿐이다. 앞으로도 그 사실은 변하지 않을 것이다. 그리고 그 일을 알던 모든 사람들은 차츰 기억하지도 못할 것이다. 남은 기록은 그저 하나의 사건이었다. 제삼자가 들었을 때 그저 그런 흔한 재수 없는 일일 수도 있다. '재수 없는 일' 말이다. 그런데, 그렇지만, 심지어 개구리도 꽥하고 죽을 줄 아는데 사람의 탈을 쓰고 멀쩡히 아무 탈 없이 살다가 어느 날 느닷없이 죽었다고 합디다, 라고 알려져서는 너무 자존심 상하는 일이 아닌가 말이다.

TV 다큐멘터리 프로의 동물의 세계에서 거대한 무리가 강을 건너가기 위해서는 강의 터줏대감인 악어에게 무리의 약한 녀석이 씹어 먹히는 와중에 강을 건너가는 것을 본 적이 있다. 그렇다면 하늘길에도 일정한 기간에 비행기 한 대를 바쳐야만 다른 비행기들이 안전한 운행을 보장받는 것일까, 라는 어리석은 생각이 가끔 들었다.

그날은 비를 맞으며 걷다가 울다가, 바닥에 주저앉아 아무한테나 땡깡이라도 부리고 싶은 심정을 어찌 풀고 집에 들어왔는지 기억이 가물가물하다.

하늘에서 별들이 비 오듯 쏟아졌다. 그 별을 잡으려고 손을 내밀자 내 손바닥 위는 진흙이 흥건했다. 양손을 비벼 씻어내고자 하니 더더욱 진흙이 엉겨 붙을 뿐이었다. 그 꿈을 꾼 날 형은 유럽은 너무 멀어서, 동남아는 너무 더워서, 이리저리 재더니 본인이 좋다던 괌에서 죽은 것이다. 물에 빠져 죽는다면 접시 물에라도 코 박고 죽는다더니 역마살 뻗친 놈은 결국 객사하네, 라는 말이 가슴을 치며 울던 어머니의 입에서 비어져 나왔다. 아버지가 독사의 눈으로 어머니를 노려보았다. 순간 나의 역마살이 잠시 염려되었다. 그동안 형과 나는 앞서거니 뒤서거니 늘 밖으로만 나돌아 온 세월이었다.

제대로 살아 있을 적에는 그저 감흥 없이 바라보던 한강. 한강 변으로 다시 돌아간다. 이내 지루함에 못 이겨 내 몸이 놓여 있는 병실을 향해 간다. 남편을 어쩌지 못하던 여인의 혼은 아직도 병원 주차장에서 남편의 주위를 맴돌고 있다.

저 여자는 나를 죽여 놓고도 정작 나는 안중에도 없고 오직 제 남편 꽁무니에만 붙어 있는 꼴이라니. 적어도 내게 사과라도 해야 하는 것 아닌가. 하기야 사과해서 될 일도 아니지만 말이다. 설령 사과를 한다 해도 내가 뭐라 해야 한단 말인가. 괜찮습니다, 혹은 별말씀을요. 사실 사과할 여자 같지도 않다. 아까 분향실에서 보니 저 여자는 모성도 그다지 있어 보이지 않았다. 발버둥 치며 우는 딸아이를 별로 안쓰러워하지 않는 냉담함이 있었다. 저 여자의 삶의 목표는 오직 저 남자뿐이었단 말인가. 그래도 어찌 보면 나보다는 낫다. 나는 사랑을 받기는커녕 나의 감정을 사로잡은 사람도 없었다. 39세라는 나이가 무색할 지경이다. 풋사랑, 첫사랑, 짝사랑, 그 어떤 사랑도 나는 품어 보질 못했다. 그것에 대해 이렇게 생각하고 정리해 본 적도 없는 것 같다. 도대체 나란 놈은 죽음에 놓여서야 제대로 된 생각이란 걸 해보다니.

제주도에 있는 나의 부모님은 아들 둘을 어떤 마음으로 키워 왔을까. 진작에 아버지의 절망이 너무 커서 미처 자녀에게 쏟을 기력이 없었던 걸까. 아니면 형과 내가 십 대 후반부터 들썩거리다, 이십 대에 접어들어 노상 밖으로만 나돌더니 결국 가이드와 여행 작가라는 직업을 앞세워 아예 대놓고 집을 나와 버린 것을 그저 어쩌지 못한 것일까. 쥐 죽은 듯 고요한 밥상머리에서 자라나 빈손 털고 떠나간 형과 나의 지난 생이 조금은 억울한 것 같다. 그렇지만 제주도의 드센 바람 앞에, 마주 보며 나의 소식을 접할 부모님을 생각하면 모든 감정이 그대로 정지된다.

누워 있는 내 얼굴을 보니 이 세상에 그다지 미련이 없어 보인다. 절실함이나 간절함이 없다. 나의 삶은 과하게 행복하거나 불행하지 않았다. 그저 그런대로 1에서 100까지의 수치가 정해져 있다면 그야말로 딱 50 같은 삶이었다. 기쁘거나 즐거운 시간이 주어졌을 때는 곧 다가올 슬픔이나 괴로움에 대비해 여유 공간을 남겨 놓았었다. 감정은 수치로 조절되는 것이 아니라는 걸 알면서도 좋은 시간을 마음껏 즐기기보다는 괴로운 시간을 상쇄시킬 방법을 간구해 온 어리석은 인생이었다.

이제까지 이룬 것이 무엇일까. 앞으로 하고 싶은 것은 무엇인가. 아무 의욕이 없다. 하얀 침대와 하얀 시트, 하얗게 비어 있는 희망. 이제 여기서 그만둔다 해도 아무 아쉬움이 없다. 내 부모만 모른다면 슬퍼할 사람도 없다. 그렇다면 굳이 연명해야 할 필요가 있을까. 누군가는 이 시간에 애간장이 끊어질 것 같다는 간절함으로 살아가기를 바라고 있지 않을까. 내가 할 수 있다면 그들의 명을 대신해 여기서 그만두고 싶다. 하다못해 우는 아이를 놔두고 남편 옆에서 맴도는 아까 그 여자를 대신한다고 해도 수긍할 수 있을 것도 같다. 적어도 한 어린아이의 눈물을 그치게 할 수 있다는 것만으로도 명분이 선다. 내 생전 그 누구의 눈물을 닦아준 바 없기에, 라고 생각하다 보니 정작 내 부모의 눈물이 나를 가로막는다.

혈색 없이 표정 없이 나약하게 누워 있는 저 가냘픈 사내의 역할을 하기엔 난 너무 지친 모양이다. 무기력한 저 사내의 몸속에 나를 뉘인다. 미지근하고 조용하다. 늦봄, 돌담 아래에서 형의 유리구슬을 치기 위해 동그란 원 안에 몰려 있는 투명하고 영롱한 빛의 부스러기를 정면으로 마주 보던 때가 생각난다. 푸석한 땅바닥에 엉덩이를 반쯤 걸쳤을 때 전해 오던 미지근함과 구슬을 노려보며 집중할 때의 그 조용함이다.

그저 이거면 됐다. 그냥 쉬고 싶다. 쉬고 싶다. 눈을 감자 내 몸이 저 아래, 끝을 알 수 없는 바닥으로 천천히 내려가는 것 같다. 어느 정도였을까. '무궁화 꽃이 피었습니다'를 다섯 번 정도 외칠 시간이었을까. 아무도 듣는 이가 없는 가운데 '무궁화 꽃이 피었습니다'는 메아리가 되어 멀리 허공으로 흩어져 버린다.

몸은 깊이를 알 수 없는 바닥 아래로 계속 내려가는데 나의 머릿속 생각은 위로 끊임없이 올라가는 이 느낌은 무엇일까. 영혼과 육신이 분리되는 것일까.

그 와중에 사람들의 수런거리는 목소리가 들린다. 그중 내 귀를 뚫고 들어오는 어머니의 울음소리에 이어 아버지의 탁한 쉰 목소리가 있다. 그저 조용히 사라지고 싶었는데 그것도 쉽지가 않나 보다. 늘어난 고무줄이 더 이상의 탄성을 허락하지 않는 듯 머릿속에서 뭔가의 한계를 느낀다. 이번엔 정말 끝인가 보다. 양쪽에서 당기던 줄이 맥없이 끊어지는 느낌이다.

.

.

.

침대를 둘러싼 주변의 모든 소음을 단번에 덮어버리는 강한 기계 소리가 울린다.

삐이이.

작가의 말

내 영혼은 자유로워

하늘을 날고

땅속 깊은 곳에서 거닐며

간혹

낯선 행성에서 헤매기도 한다

그러나 내 의식은

멀리 가 있는 나를 불러들여

간섭하고 통제하며 질책한다

정신차리고 적당히 하라고

갈 때까지 가야만

뒤를 돌아볼 수 있는데

내 발걸음은

미처 가다 말다

멈추기를 반복한다

도대체

난 언제쯤이나

온전히 뒤돌아볼 수 있을까

종각역

초판 1쇄인쇄 2021년 1월 3일
초판 1쇄발행 2021년 1월 5일

저 자 김영민
발행인 박지연
발행처 도서출판 도화
등 록 2013년 11월 19일 제2013－000124호

주 소 서울시 송파구 중대로34길 9－3
전 화 02) 3012－1030
팩 스 02) 3012－1031
전자우편 dohwa1030@daum.net
인 쇄 (주)현문

ISBN | 979－11－90526－27－2*03810
정가 13,000원

잘못 만들어진 책은 교환해 드립니다.
저자와 출판사의 허락 없이 책의 전부 또는 일부 내용을 사용할 수 없습니다.

도화道化, fool는
고정적인 질서에 대한 익살맞은 비판자,
고정화된 사고의 틀을 해체한다는 뜻입니다.